墓園女孩

THE
GRAVEYARD RIDDLE

麗莎·湯普森 LISA THOMPSON 著

陳柔含——譯

U0001789

大家好，我是這本書的主角梅樂蒂！
讓我來介紹一下我的鄰居，
也就是栗樹巷的所有居民吧！

栗樹巷 1 號

目前沒有人居住在這裡，屋主的小孩都在國外，偶爾居住在 11 號的查爾斯先生會過來檢查房子的狀況。

栗樹巷 3 號

這裡是我家，我跟我媽克勞蒂亞住在一起。雖然很多人覺得我很奇怪，因為我常常跑到墓園閒晃。但是對我來說，墓園可以帶來平靜與安寧，以前爸媽吵架時，我就會帶著我家的狗狗法蘭基一起躲到墓園。

牧師宅

跟栗樹巷的其他房子不同，這是一棟非常古老的屋子。自從牧師過世後，他的太太老妮娜便獨自居住在這裡。媽說老妮娜大概快一百歲了，但是沒有人知道老妮娜到底幾歲，只知道她應該很老很老了。老妮娜去年養了一隻名叫胡椒的小貓。

栗樹巷 5 號

傑克跟他的媽媽蘇住在 5 號。傑克有嚴重的過敏問題，所以他的皮膚常常有紅紅的溼疹。傑克很喜歡騎著腳踏車到處亂晃，是學校的問題人物，還常常欺負我，所以我超級討厭他。

栗樹巷 7 號

這裡住著詹金斯一家,羅瑞·詹金斯先生是學校的體育
老師,他的脾氣很糟,也常常刁難傑克,學校裡的學生
都不喜歡他。詹金斯先生的太太漢娜臉上總是掛著燦爛
的笑容,他們的寶寶小麥斯去年剛出生,最近他們還養
了一隻小狗威爾森。

栗樹巷 9 號

「金魚男孩」馬修跟爸爸布萊恩、媽媽席拉一起住在栗
樹巷 9 號,他們還養了一隻貓叫奈吉。馬修是我最好的

朋友，他有嚴重的強迫症、很害怕細菌，所以有一陣子都不敢出門，也無法去上學。馬修去年破解了栗樹巷的失蹤案件，找回了小寶寶泰迪，也開始去做心理治療，勇敢面對自己的問題。

栗樹巷 11 號

查爾斯先生獨自居住在 11 號的房子，他最喜歡整理花園。去年查爾斯先生的女兒梅莉莎因為出差，把自己的兩個小孩凱西與泰迪暫時寄養在查爾斯先生家。不知道他們今年還會不會出現？

瘟疫屋裡的神祕鄰居

牧師宅跟傑克家中間有一條小路通往墓園跟教堂，我最近在墓園角落發現了一棟以前用來隔離瘟疫病人、超恐怖的瘟疫屋，裡面還躲著一個自稱是祕密情報局派來的間諜男孩海爾。

目 錄

To my editor, Lauren Fortune.

獻給我的編輯，蘿倫・福爾敦

CHAPTER 1

墓園女孩梅樂蒂

法蘭基是一隻栗子棕色的達克斯獵犬，也是一隻非常聰明的小狗。舉例來說，每天放學和週末我都會帶法蘭基去散步，牠總是會在我們家的車道盡頭左轉，非常清楚我們的目的地——墓園。

這天下午就跟平常一樣，我們在栗樹巷盡頭、坐落成半圓形的屋子前彎來彎去，接著走進小路。法蘭基停下來嗅嗅一叢雜草，有時候我會想，牠是不是真的聞到了什麼好東西，還是只是在假裝，好讓自己可以休息一下，畢竟牠的腿真的很短。

「來吧，法蘭基，走吧。」我說。法蘭基甩甩身子，我們再度前進。

有些人覺得我很怪，因為我喜歡去墓園。對他們來說，墓園令人不寒而慄，會讓他們想到恐怖的東西，例如腐敗的屍體與哀鳴的鬼魂，但是我一點也沒有這種感覺。對我來說，那是個充滿色彩與光線，又有許多動植物的地方。其實呢，墓園大概是全世界我最喜歡的地方。

我們從小路走進墓園，我吸了一口又深又長的氣。一股微

風吹過樹梢，發出了輕柔的沙沙聲；散落的陽光就像溫暖的黃色圓點，在墓碑上跳著舞。爸還跟我們住在一起的時候，我會在爸媽開始爭吵時走到墓園，那裡總是很寧靜，沒有大聲說話的聲音。

當我們沿著步道行走，原本正在小跑步的法蘭基停了下來，開始對著空中嗅呀嗅。當牠搜尋剛剛捕捉到的氣味時，長長的棕色耳朵也被風吹動著。

「是什麼東西，法蘭基？」我說，「你聞得到死人的靈魂嗎？」我低頭看著旁邊的墓碑，上面寫著：

班傑明·
亨利·
布萊迪
生於1884年7月31日
逝於1954年1月27日

法蘭基正在扭動溼溼的棕色鼻子。我知道狗的嗅覺比人類靈敏四十倍，法蘭基聞得到布萊迪先生遺留在空氣裡的鬍後水味道嗎？牠又多嗅了幾下，接著拉著我往前，牠想繼續前進了。

我們經過那棵周圍被長凳以六角形圍繞的七葉樹，還有讓

訪客用灑水壺取水的生鏽水龍頭。我們通常會走主要步道往教堂前進，再繞一圈回來。但是當我們經過水龍頭的時候，我看見一條我們很久沒有走的小徑，那裡長滿了常春藤和荊棘，通往墓園最老舊的地方。現在已經沒有人會去那裡追憶親人了，因為他們自己都過世下葬了。

「我們改走這條路吧，法蘭基？」我說。這隻小狗坐在主要步道上，似乎很疑惑為什麼我們不走平常走的路。

「來吧，不會很遠。」我說。

走沒多久，我就發現這條路充滿了豐厚的雜草，我得踩住它們才能通過。周圍出現了古老的墓碑，它們隱身在樹下的草叢裡望著我們，就像漂浮在綠色海面上的灰色小船。有些墓碑上有明亮斑駁的橘色地衣，就像被潑了油漆一樣。

我繼續前進，但是腳踝被一條看起來很可怕的荊棘刺到了。我流血了，於是從制服外套的口袋裡拿出面紙壓在傷口上。幾秒之後，血就止住了。

法蘭基打了個噴嚏，牠幾乎被雜草埋起來了。

「這個主意似乎不太好。」我說，「走吧，我們回頭。」

我抱起法蘭基，起身後停了下來。小徑的盡頭之外有一道老舊的紅磚牆，是墓園的邊界，有部分磚牆已經倒塌，現在中間有個 V 字形的缺口，我不記得以前看過它。

「不知道這後面有什麼呢？」我說。我小心的跨了幾步，一邊注意荊棘並將蕁麻踩在腳下。小徑鋪到這裡就結束了，所以我得走在墳墓間凹凸不平的土地上。走到圍牆倒塌處時，我把法蘭基放下來，牠甩甩身子後開始在空氣中嗅啊嗅。我從磚

牆缺口隱約看見了窗戶和門。

「是一棟房子耶！」我說。

我們爬過那堆碎裂的磚塊，來到一塊雜草幾乎有膝蓋高的草地上。前面是一棟小屋，正中間的前門已經變形，上面還有黑框窗戶、搖搖欲墜的屋頂跟煙囪，看起來有點像小孩畫的簡陋屋子。白色的牆面現在變得又髒又灰，還長了一塊又一塊黏糊糊的綠色青苔。屋頂有些瓦片不見了，垂落的屋簷幾乎擋住了窗戶，我想屋子裡一定很暗。房子後面還有另一片磚牆，彷彿是刻意要遮住這間屋子。

「很不可思議吧，法蘭基？」我說，「我都不知道這裡有這樣的東西。是一棟神祕小屋耶！」法蘭基忙著到處嗅聞新的味道。我努力穿過草叢，從一樓的窗戶往裡面看。那塊玻璃裂了一角並覆蓋著厚厚的灰塵，就像裡面的窗簾被拉上了。

法蘭基開始往前拉扯牽繩。有隻烏鶇鳥正在用亮橘色的嘴巴往土裡啄，牠停下來看了我們一下，接著又繼續啄，大概是認為我們不會威脅到牠。屋子的門是深綠色的，並且微微敞開，我猶豫了一下，然後用膝蓋輕輕的推。門動也不動，我便把肩膀靠上去，用力推了幾次。

門一點一點的被我推開，露出了一個可以擠進去的縫隙。我偷偷往裡面看了一下，既然不可能有人住在裡面，看一下應該沒問題吧？

「來吧，」我對法蘭基說，「我們進去。」

我們走進一個小小的方形空間，天花板很低，裡面很暗，我得先讓眼睛適應了才能到處看看。這裡什麼都沒有，只有一

個堆滿碎石的壁爐和一張有著厚厚一層灰的木椅。這裡有潮溼發霉的味道，聞起來有點像我家廚房水槽底下的櫥櫃。

「哇，」我轉身說，「不知道這裡有多久沒有住人了。」法蘭基嗅了一下滿是灰塵的木地板並打了個噴嚏。牆邊有一道沒有扶手的木製樓梯，有好幾個階梯都不見了。

「我想我們應該暫時不會上樓了。」我說，我只能隱約看見上面有兩扇門。

一樓還有一個房間，法蘭基把我拉了過去。這間房間看起來也差不多 —— 有很多灰塵，很暗也很空。我走到窗邊，窗台上有一顆圓圓的鵝卵石，我拿起它，冰涼又平滑，就像一顆小小的蛋。

「不知道這是哪裡來的。」我說。我把石頭放回去，接著用手在髒兮兮的窗戶上擦抹出一個乾淨的小圓圈，我可以透過它看見外頭磚牆的缺口和墓碑頂部，還有主要步道附近較新的墓穴。

「我等不及要告訴馬修這個地方了！」我跟法蘭基說，「我敢打賭，他一定不知道這裡有一間屋子。」馬修‧柯賓是我最好的朋友，也住在栗樹巷，就在我家對面。

我看了看手錶，決定該回家了，媽應該很快就會準備好晚餐。我轉身準備離開，但是這時候我聽到了聲響，樓上傳來一陣緩慢的吱嘎聲，聽起來就像有人小心翼翼的在樓板上移動。我盯著天花板，努力的聽。

「我覺得上面有人。」我悄悄的說。我緊緊抓著法蘭基的牽繩，慢慢走回第一個房間，來到殘破的樓梯前面。我往上看，

很怕上面會突然冒出一張臉。吱吱嘎嘎的聲音停止了。

「哈——哈囉?」我呼喊著,「有人在嗎?」我仔細聽,但是沒有人回應,只聽見外頭微風吹過長長雜草的沙沙聲。應該就是那個聲音吧?有風吹進窗戶的裂縫,讓樓板發出聲音。法蘭基開始咆哮。

「上面沒有東西啦,法蘭基,只是風的聲音。」我說,「來吧,該走了。」

我快步走到門口、擠過那道窄縫。當我們來到外面的草叢時,我轉身用力拉,想把門關上,但是它就是不動。

就在那時候,我看見門框頂端有個東西。我往後退一步,深色的木頭上刻了一些字。當我看清楚上面的字時,我感到一股寒意從脊椎往下竄到腳底。

墓園女孩梅樂蒂

CHAPTER 2

神祕的瘟疫屋

　　我跟法蘭基走回墓園時，依然感到一陣雞皮疙瘩。是誰在小屋的門上刻字的？那些字讓人有種不祥的感覺，整個地方都讓我感到不安。

　　從小路走回栗樹巷時，我還在想這件事。老妮娜在前院裡，正伸出手試著撿一個被風吹到家門附近、灌木叢下方的零食包裝袋。她養的虎斑貓「胡椒」坐在門階上，在陽光下眨著眼。老妮娜去年夏天養了胡椒這隻小貓，牠非常膽小害羞，就跟牠的主人一樣。那隻貓看了我跟法蘭基一眼後便衝回屋裡。

　　「妮娜，需要我幫妳撿嗎？」我說。

　　「噢，如果不麻煩的話，梅樂蒂。」老妮娜說，「如果我蹲下去的話，可能就沒辦法再站起來了。」老妮娜總是穿得很體面，今天她穿了一件淺綠色上衣和黑色長褲，衣服上別了一個藍色的雛菊胸針，在陽光底下閃閃發亮，她每天都會戴這個胸針。我伸手去拿那個袋子，接著老妮娜便把袋子拿走。

　　「有時候啊，風就是不會照著我們的意思吹，不是嗎？」老妮娜說，並露出一抹微笑。

不知道她是怎麼做到的，老妮娜總是能讓簡單的句子聽起來有很深的意義。當她微笑的時候，我發現她的臉頰上有交織的紅色小細紋。媽說她覺得老妮娜應該快一百歲了，但是沒有人知道她到底幾歲。老妮娜的家被稱作「牧師宅」，在這條死巷盡頭的正中央，就在通往墓園的小路旁邊。這棟房子已經存在好久好久了，還比我們單調的米色房子還要久。我很好奇老妮娜知不知道那間奇怪的小屋。

　　「妮娜，妳知道墓園旁邊的小屋嗎？」我說，「它很破舊，應該好幾年都沒人住了。」

　　老妮娜邊想，邊將袋子揉成一團，她的皮膚看起來薄得像紙。

　　「妳是說那間老瘟疫屋嗎？」老妮娜說，「是不是在一道紅磚牆後面？」

　　「對！」我說，「什麼是瘟疫屋？」

　　老妮娜抿了抿嘴脣。

　　「這恐怕不是什麼光彩的事。」她說，「為了阻止疾病傳播，染上瘟疫的人會被安置在那裡。當然，這是好幾百年前的事了，那時候這個鎮還只是個小村莊。我家亞瑟還在的時候曾經研究過。」

　　亞瑟是老妮娜的先生，以前是教堂裡的牧師，我是在他過世很久以後才出生的。

　　「瘟疫屋通常會蓋在教堂附近，我想那棟屋子可能有某些部分可以追溯到十七世紀吧，」老妮娜說，「不過大部分都重建過了。」

「真是不可思議，」我說，「我覺得它很老，但是不知道竟然有這麼老。那為什麼會用磚牆把它圍起來呢？」

「也許是因為上教堂做禮拜的人不願再想起那個地方吧，因為有傷心的過往。」她說，「我想磚牆應該是在維多利亞時代建的。」

我等不及要告訴馬修有關房子的事了，他喜歡有趣的事情，跟我一樣。

這時候，有隻狗開始狂吠，我們都轉頭望向 7 號房屋。

「哎呀，我們的閒聊好像又惹到那隻小狗了。」老妮娜說。

「總之，很高興見到妳，梅樂蒂。」老妮娜慢慢走向門階，胡椒也再度出現準備迎接她。

羅瑞與漢娜・詹金斯，以及他們的小孩麥斯就住在 7 號，站在他家窗台上的是一隻毛茸茸的白色小狗，叫做威爾森。牠才到詹金斯家幾個星期，對鄰居狂吠似乎是牠最喜歡的嗜好。威爾森看見法蘭基就會叫得更起勁，法蘭基只看了牠一眼，便開始打呵欠。

我過馬路回到 3 號的家。

「梅樂蒂！可以幫我一下嗎？」我一關門就聽見媽在大喊。

「等一下！」我回她。我取下法蘭基的繩子，牠跑進廚房，尖尖的尾巴擺來擺去，就像時鐘的鐘擺。我走到餐廳，媽雙手扶著一面大鏡子靠在牆上，她的臉壓在鏡子上，努力不讓它倒下來。

「媽！妳應該等我回來再弄的！」我說，並趕快跑去幫

她。

「我以為我可以自己把它掛起來，但是我現在根本看不到。」媽說。

我把手伸到鏡子後方，將鏈條掛到釘子上。

「可以放手了。」我說。

媽小心的鬆開鏡子、將它擺正，接著後退一步。

「太棒了！」媽說，「我想把它掛出來已經好幾個月了，這樣好看多了吧？房子看起來更大了！擊掌，梅克小隊！」

我用力拍向媽的掌心，雖然這有點尷尬。自從爸離開以後，媽就開始叫我們「梅克小隊」，這是用我們的名字命名的——梅樂蒂和克勞蒂亞。雖然我不是很喜歡這個名字，但是媽說得對，我們的確成了彼此的隊友。我們接手以前爸負責的事情，像是組裝抽屜櫃、拆除壞掉的洗衣機管線並把它送到回收站，我們還在看完 YouTube 影片之後幫客廳貼了壁紙。

我環顧一下餐廳。

「我們的照片呢？」我說。我們的邊櫃上平常都擺了很多照片，有幾張是我嬰兒時期的照片、一張是媽在她工作的有機咖啡店外面拍的、一張是法蘭基小時候、一張是法蘭基戴了一頂聖誕帽、一張是我們三個在海灘的照片，那時候法蘭基整天都在沙灘上挖洞。

「我在整理，」媽說，「把東西弄整潔看起來不是好多了嗎？」地上有一個裝滿照片的紙箱，她用腳推了一下，它便滑進了邊櫃底下。我們的餐桌平常堆了很多書、雜誌和紙張，也都被清掉了，現在桌子中央有個細長的玻璃花瓶，插滿了乳白

色的花。顯然媽忙了一陣子。

「妳散步得如何呀？」媽說。我跟著她走到廚房。

「超棒的！」我說，「我發現了一棟老房子！其實它不是一般的小屋啦，妮娜說那是一間瘟疫屋！」

「不錯啊，」媽說，一邊翻著旁邊的信件。我看得出來她沒有在聽，媽這個狀況已經好幾個星期了，顯然她有心事，但是每次我問她時，她都說：「沒事。」我也發現媽最近收到很多標記著「私人郵件」和「急件」的信，看起來好像是帳單。

「我要去找馬修，」我說。我等不及告訴他我在墓園裡的發現。

「好，我們大概再二十分鐘就可以吃晚餐了。」媽說。她把其中一封「急件」放到一旁，沒有打開。

馬修家是 9 號，他成為我最好的朋友已經將近一年了。以前大家都覺得馬修很奇怪，因為他不喜歡出門，但是他們都不知道馬修超級害怕細菌，所以出門對馬修來說是很令他崩潰的事情。馬修覺得到處都有細菌，隨時會鑽進他的皮膚或爬進他的鼻子，讓他或家人生病。馬修愈來愈嚴重，後來就沒有去上學了，開始隨時戴著乳膠手套。但是去年夏天，馬修的爸媽每週都會帶他去看一位叫做羅德醫生的心理治療師，從那個時候開始，馬修就慢慢好起來了。

噢，馬修還解開了一個謎團。有個名叫泰迪的小孩在栗樹巷走失了，馬修成功解決了這件事，因為他都會從窗戶觀察鄰

居的動靜。當時，這是一件天大的事情，還有新聞台的記者跑來這裡呢！後來泰迪平安的被找到了，不過我想大部分的人應該都不記得這件事了。

我按下9號的門鈴接著等待。威爾森立刻出現在7號的窗台上開始狂吠，牠呼出的氣息在玻璃上形成了一團霧氣。開門的是馬修的媽媽，席拉。

「噢，哈囉，梅樂蒂親愛的，妳要找馬修嗎？」她說。

「嗨，席拉！」我說，「是啊，麻煩妳。」

「**馬修！！梅樂蒂來了！**」席拉對著家裡的玻璃屋大喊一聲，接著回過頭跟我聊天，「聽聽那隻狗的叫聲，還以為牠已經叫累了呢，真讓人抓狂。」

席拉翻了個白眼，我笑笑的看著她，我喜歡席拉。馬修出現在席拉身後，手裡拿著撞球桿。

「啊，他來了。」席拉說，「我們十分鐘後出門喔，馬修。下次見了，梅樂蒂，幫我向妳媽媽問好。」

馬修把球桿立在踏墊上，抓著它的頂端。馬修的爸爸布萊恩在N年前就買了一張撞球桌並試著鼓勵馬修下樓玩，但是馬修直到最近才開始打撞球。

「怎麼啦？」馬修說。

「嗨，馬修！」我說，「你絕對想不到我在墓園裡發現了什麼！在舊的那區，圍牆後面有……」

住在5號的傑克・畢夏出現在玄關，他站在馬修身後，手裡也抓著一枝球桿。

「噢，嗨，傑克，」我說，「我不知道你也在。」我望向

馬修，但是他只是盯著球桿，一邊把它轉來轉去。

威爾森的叫聲愈來愈大，傑克從門階上跳下來，並站到我旁邊的走道上。

「真希望那隻小混蛋可以閉嘴。」傑克說，「整天都在聽牠叫，汪汪汪，不是狗在叫就是那個醜醜的小傢伙在狂哭。」傑克家跟詹金斯家是相連的，他大概可以從相鄰的牆壁聽見所有聲響，包含小麥斯的哭聲。

馬修也走下來加入傑克的行列，他的腳上只套了襪子、沒穿鞋子。幾個月前，馬修絕對不可能就這樣走到戶外，他太害怕細菌了。我們都在看威爾森，牠每叫一聲就會輕輕跳一下。

「嘿，傑克，」馬修說，「威爾森的樣子就像被丟進洗衣機裡旋轉了一番。」這讓傑克哈哈大笑。

「對啊！」傑克說，「牠看起來就像長了腳的假髮！」

「牠是比熊犬，本來就是毛茸茸的。」我說，「別鬧牠了！」但是馬修跟傑克都沒有理我。

傑克以前對馬修很壞，看到馬修站在窗邊時就會叫他怪咖，但是自從去年夏天，也就是泰迪失蹤的時候開始，他們就變成朋友了。

威爾森不叫了，牠坐下來喘氣，一定是沒力氣了。牠舔了一下窗戶，留下一個黏黏的印子。馬修走上門階回到屋子裡。

傑克也跟著他走進去，接著轉過身來看我，「梅樂蒂，妳應該把法蘭基放在威爾森旁邊，這樣牠們就是香腸配馬鈴薯泥了！」他說。

馬修仰頭大笑，我好久沒有聽見他笑得這麼大聲了。傑克

也在笑，我站在那裡，覺得自己就像個隱形人。

「走啦，出門之前把這局打完。」傑克說完，便往屋子後方的玻璃屋走去，撞球桌就放在那裡。

「你要出門喔？」我問。

馬修盯著地板。

「嗯，媽要帶我們去看電影，算是我努力做心理治療的獎勵。」馬修說。他完全沒有看我。

「不錯啊。」我說，吞口水的時候似乎有東西堵在喉嚨。

「那妳剛剛在說什麼啊？墓園裡的東西？」馬修說。

馬修抬頭看我，眼睛在長長的劉海底下眨了眨。

「小事啦，」我說，「你要出門的話就先去打球吧，下次見了，馬修。」

「再見，梅樂蒂。」

在我踏上人行道前，門就在我身後關上了。

CHAPTER 3

金魚男孩馬修

　　隔天放學時，當我踏出學校就注意到馬修的頭頂，他站在校門口，等待擁擠的人潮出現縫隙。馬修喜歡跟大家保持距離，有時候我覺得他就像一塊磁鐵，但不是吸引東西的那種，而是把大家推開。聚集的學生散開了一點，馬修便迅速閃過、走到街上。我追了過去。

　　「嗨，馬修！電影好看嗎？」我說，一邊在他旁邊小跑步，努力跟上他。

　　「不錯。」馬修低著頭，走得非常快。在我們成為朋友以前，我以為他走這麼快是為了遠離我，現在我知道他只是想趕快回家。我想，待在學校一整天他應該很累，因為要跟很多有關細菌的念頭作戰。

　　「傑克也很開心嗎？」我說。

　　馬修點點頭，「嗯，應該吧。」他說。

　　我們沉默的走了一段路。

　　「嘿，你待會想去墓園嗎？」我說，「我發現了一間很神奇的房子，老妮娜說它以前是瘟疫屋！」

「是什麼？」馬修說。

「瘟疫屋！」我說，「受到感染的人會被隔離在那裡，這樣就不會把疾病傳染給別人。想像一下，跟生病的人一起被關在裡面，知道自己大概沒辦法活著走出去的感覺。」

馬修嚇得發抖，「我可不認為我會想去那種地方。」他說。

有人從我們身後騎腳踏車衝過來，並且讓輪子打滑後停了下來。我轉身準備叫他們到馬路上騎腳踏車，但是發現那個人是傑克。

「你應該知道不可以在人行道上騎車吧？」我說。

「呃，知道啊，」傑克說，「那又怎麼樣？」他拉起龍頭翹起前輪，再讓腳踏車重重落回地面，差點砸到我的腳。

「小心一點！」我說。傑克有時候就是這麼討厭。馬修迅速走掉，把我們兩個拋在後頭。

「他怎麼啦？」傑克說。

「他想回家啦。」我說，「說不定昨天晚上去看電影讓他很焦慮。」

傑克哼了一聲。

「才不是，『金魚男孩』的事已經過去了啦。」傑克說。

我嘆了口氣。有一陣子大家都叫馬修「金魚男孩」，是待在他家隔壁的兩個小孩開始這樣叫的，說馬修從窗戶往外看的時候，就像魚缸裡的金魚。

「這可不是什麼『過去了』就好的事，」我說，「要消除腦袋裡的想法，可能得花上好幾個月甚至好幾年呢。」

「喔，」傑克說，「我覺得他是想離妳遠一點吧，梅樂蒂．

柏德。」

「什麼？」我說。

傑克露出得意的笑容，用手背抹抹鼻子。他的手腕紅紅的，有溼疹的傷口。傑克對很多東西過敏，看來又有什麼東西讓他過敏發作了。

「再會啦，梅樂蒂。」傑克說。他把腳踏車猛力拉下人行道後便迅速騎走。

我看著正在往前走的馬修，書包不斷碰撞他的背。他真的在躲我嗎？我加快腳步跟上去。

「那，你想不想來看看那間瘟疫屋啊？」我說，「它的門上面還刻了字耶。」

「是嗎？上面寫什麼？」馬修說。我就知道他會有興趣。

「它寫：『主啊，求祢憐憫我們。』」我說，「很詭異吧？」

馬修微微笑了一下。

「他們以前也會在門上畫紅色十字架，」馬修說，「用來警告村民裡面有染疫的人。」

我露出笑容，「那我們可以去看紅色十字架還在不在！或是一些痕跡。」我說。

馬修皺起鼻子，深吸了一口長長的氣，「我不這麼想，梅樂蒂。」他說。

即使現在已經沒有瘟疫，但是要一個害怕細菌的人去瘟疫屋可能還是太可怕了。我們轉進巷子，栗樹巷只有七戶人家，幾乎沒有什麼車輛往來，所以非常安靜。我在我家旁邊看見了一個東西，那是一塊白色的木板，上面用淡紫色的顏料寫著

「出售」。

　　「馬修！你看！」我說，「1號要出售耶。」

　　「是喔，」馬修說，「我想那裡應該好一陣子沒有人住了吧。」

　　我們繼續前進，但是離家愈來愈近的時候，馬修停下了腳步。

　　「等一下，梅樂蒂，」他說，「不是1號耶，是妳家，妳家要出售！」

CHAPTER 4

栗樹巷3號，我的家

　　我在客廳踱步，法蘭基坐在沙發旁邊看著我在地毯上來來回回走動。媽還沒下班，我不斷望向車道，彷彿這樣子做，她就會提早出現。

　　出售？我們家？一定是弄錯了！我想打看板上的電話跟他們說放錯地方了，應該要放在隔壁的院子，也就是1號屋子。但是有個念頭阻止了我，要是他們說弄錯的人是我呢？

　　我走到廚房，在那裡繞了幾圈。媽隨時都有可能帶著跟我一樣驚訝的表情走進來，跟我說他們弄錯了；她會打電話給房屋仲介、看板會被拿走，一切都會回歸正常。

　　但是我發現了一些事情：廚房的層架上通常會有一疊厚厚的垃圾郵件、食譜、鑰匙跟零錢，但是現在架子上很乾淨，東西被換成裝了義大利麵的三個玻璃罐。

　　我開始明白這是怎麼回事了，我的胃慢慢糾結在一起。媽並不是為了我們而整理家裡的，她是為了要賣房子！法蘭基小跑步走進廚房。

　　「噢，法蘭基，怎麼了？」我說。我把牠拎起來抱好。

有輛車開進了我家的車道，我靜靜等待，然後聽見媽掏鑰匙的聲音，接著家門打開了。

「梅樂蒂！梅樂蒂？沒有這麼嚴重，我保證！」媽大喊。她走到廚房，我放下法蘭基，牠跑過去迎接她。

「真的很對不起，梅樂蒂，我不知道仲介今天就會來放看板。」媽說。

我覺得胸口的氣都洩了出來，原來不是弄錯了。媽向我跨了一步，但是我往後退。

「我想先跟妳談談的，」媽說，「但是一切都發生得比預期還快。」

「梅克小隊呢？媽，我們不是什麼都一起做的嗎？」我說，「我不想搬家！」

媽的表情一沉，「讓我解釋，繼續住在這裡我們會負擔不起啊，太貴了。我們可以找到其他地方住，找個很特別的地方！」

「妳在說什麼啊？」我說，「這裡就是我們家！」

「我知道，但是我們必須面對現實，」媽說，「待會我們用筆電看看其他房子好嗎？外面還有很多漂亮的房子。」

「喔，所以妳已經開始找了對嗎？不找我一起？」我說，「妳怎麼可以騙我呢？妳怎麼可以不告訴我？尤其爸才那樣做過！妳……妳簡直跟他一樣差勁！」

媽看起來就像被打了一記耳光。我知道這樣說會傷她的心，畢竟爸才是最大的騙子。她脫掉夾克，把它放在餐桌椅的椅背上。

「我沒有騙妳，梅樂蒂。我只是想找一個適當的時機告訴妳，但是我說的是真的，我們必須找便宜一點的地方住。」

「不要！」我說，「妳不能這樣，媽，妳不能強迫我搬家！」我突然想起一件事，「妳快跟爸聯絡，如果他知道住在這裡這麼辛苦的話他會幫忙的。」

媽低頭看著地板，「我們不需要他，梅樂蒂，」她說，「他已經做出選擇了。」

我認得她聲音裡鋼鐵般的決心，爸剛離開的那幾週，媽都是這樣說話的。當她用這種方式說話，就不可能會改變心意了。媽抬起頭來看我。

「妳必須成熟面對這件事，梅樂蒂。」媽說，「我開車回來的時候仲介打給我，今天晚上會有第一組客人來看房子。」

「今天晚上？」我大叫。

「對，」媽說，她看起來非常疲累，「我要去換衣服了。」

媽走上樓，我在那裡站了一下，試著忍住不哭。

「走吧，法蘭基，」我說，「我們去散步。」

我穿好鞋子，把法蘭基的牽繩扣在牠的項圈上。關門時，我又看見了那個「出售」看板，發現這不是一場誤會的感覺就像胸口挨了一記重拳。雖然媽否認，但她就是騙了我，別再提梅克小隊了，我們根本就不是團隊！

我快步踏上小路、走進墓園。我走得很快，法蘭基在後面苦苦追趕，於是我拎起牠並用手臂抱好。我經過七葉樹和水龍頭，往雜草叢生處和倒塌的磚牆前進。

我在草叢中蹣跚前進，速度慢了下來。有刺的蕁麻劃過我

的膝蓋，我也開始掉下眼淚。我爬過那堆磚頭後停下腳步，瘟疫屋靜靜的佇立在我面前，在知道這間房子的由來之後，它看起來更詭異了。我用手背抹抹臉頰，走到門前。

我又讀了一次門框上刻的字：「主啊，求祢憐憫我們。」那真是令我身體發寒。我在門上尋找十字記號，但是並沒有發現任何東西，也許這扇門從發生瘟疫期間到現在，已經換過很多次了。

門依舊開著，我擠進縫隙進入第一間房間。我讓眼睛適應昏暗的光線之後便放下法蘭基，仔細聆聽樓上有沒有吱吱嘎嘎聲，但是我只聽見蜜蜂經過窗前的嗡嗡聲和遠處的烏鴉叫聲。

深呼吸幾次後，我把眼淚抹乾，在房間四處張望。其中一面牆上有一道很大的裂縫。那道裂縫非常深，我甚至可以把指尖伸進去。

我走到後面的房間，今天這裡比較明亮，有一道黃色的光線從低處的窗戶照進來，細小的灰塵在光中舞動。我看看周圍，想像可憐的病人抱在一起，我很慶幸法蘭基就在我的身旁。我解開法蘭基的牽繩，牠便在房間裡晃來晃去。法蘭基走到角落，我可以聽見牠正短促的聞嗅著，牠找到東西了。

「有什麼東西，法蘭基？」我說。

我走過去，發現那是一條皺皺的毯子。

我昨天沒有注意到這個東西，但是房間角落都好黑，應該很容易就會忽略。

我尋找昨天放在窗台上的鵝卵石，它不見了。

「真奇怪。」我說。我查看地板上，看看鵝卵石是不是掉

下來了，但是什麼也沒有。

我坐在窗下厚厚的石頭窗台上，把法蘭基抱到身邊。我們望向墓園，看見遠處有人在步道上走動，拿著灑水壺照料墓穴上的植物。

我坐著往外看，一邊嘆息。一想到要離開栗樹巷就讓我有種生病的感覺，那間房子是我最熟悉的一切，當我還是個小嬰兒的時候就住在那裡了。我曾經在後院的草地上學習怎麼騎腳踏車，媽帶法蘭基回來的時候牠還好小，當我盤腿坐在廚房地板上的時候，法蘭基會蹦蹦跳跳的從玄關跑過來、跳到我的大腿上舔我的臉。記得有一次，爸在餐桌上罩了一件床單，幫我做了一個小帳篷，他在裡面放了很多抱枕、書和串燈，整個週末我都待在裡面。

栗樹巷 3 號就是我的一切，是我的家。

就在我想起爸的時候，有一瞬間，我心裡有塊角落希望他可以回來跟我們團聚。如果爸還在的話，就不會發生這些事情了，我們會有足夠的錢，根本就不用搬家。但是我又想起了他的謊言，我的胃再次陷入糾結。

CHAPTER 5

爸與馬戲團的脫逃大師

最後一次見到爸，已經是幾年前的事了。媽幫我們買了三張馬戲團的門票，我已經期待好幾個星期。我從來沒有看過馬戲團表演，每次經過鎮上那座搭建在運動場上、紅白相間的巨大棚子時，我都一次比一次興奮。但是就在我們出門前大約一小時，媽說她頭很痛，所以就不跟我們一起去了。

「妳就跟爸開心的去吧，」媽說，「他在家的日子很少，你們有多一點時間相處是好的。」媽面帶微笑，但是眼睛看起來溼溼的。

媽說得沒錯，爸的確經常不在家。他的工作得時常出差，有時候一離開就是三、四個星期。當爸回到家，他們就會開始吵架，我也會走去墓園。媽說他們只是在重新適應如何跟對方相處，分隔兩地對維繫任何一種關係都是很困難的。她說得有道理，所以我不太擔心，我的爸媽就是這樣。

前往馬戲團的路上，我們聊了等一下會看到的表演，會有丟球的小丑、雜技演員，還有高空盪鞦韆。商店街上，馬戲團的宣傳海報已經被繫在路燈上好幾個星期了。海報的一角有張

高個子黑人的照片，他直視鏡頭、手腕上了銬，腳踝被看起來很重的鍊條拴在一起。他的身後有一個裝滿水的玻璃缸，照片下方寫著：

【特別邀請】
水下脫逃大師——尼可拉斯·德·弗雷！

我最期待的就是這個表演，怎麼有人能在水裡面掙脫手銬呢？聽起來好可怕，簡直不可能啊！

當我們抵達馬戲團後，爸幫我買了一大桶焦糖爆米花和豪華巧克力奶昔，他從來沒有這麼大方過，竟然選了菜單上最大、最貴的東西，但是我並不打算抱怨這一點。

「那位脫……脫……脫逃大師的表演是什麼時候啊？」我在座位上問爸。我那時候年紀還小，「脫逃大師」對我來說是個很難的字。

「不確定，可能要到最後吧。」爸說。他一直因為手機裡不斷冒出的訊息分心。我慢慢吃著爆米花，看著周圍的座位逐漸被填滿。沒多久，喇叭傳來一個女人的聲音，說今晚的表演即將開始、請關掉手機。爸將手機轉成靜音後收進口袋。

燈光暗了下來，觀眾也安靜了下來。一個女人出現在聚光燈下，她穿著一套紅黑搭配的衣服，上面還有閃亮的黃銅色釦子，歡迎我們這些來看表演、大大小小的觀眾，並且向我們保

證這會是難忘的一夜。我握緊爸的手，他也微笑看著我。

表演由三位互丟保齡球瓶的人開場。他們的把戲愈來愈多變，也愈來愈複雜，最後他們竟然丟起了火把，太驚人了！接下來是特技演員和小丑，還有身穿耀眼連身衣的人在巨大的鐵環上旋轉，有人表演高空盪鞦韆並在空中翻筋斗，朝向外凸起的天花板飛去。我看得目不轉睛，都忘了要吃爆米花，中場休息的時候我連一半都還沒吃完。

「你覺得他會在休息結束後上台嗎？」我問爸，他又在看手機了。

「誰？」爸說，一邊在手機裡快速打字。

「尼可拉斯・德・弗雷呀！那位脫逃大師！」我說。

爸終於轉頭看我。

「應該會吧，梅樂蒂。」爸說，「妳開心嗎？」

「這是我看過最棒的表演了！」我說。爸對我微笑，真希望他跟我一樣開心，雖然他一直被手機打斷。

下半場的表演比前面的還要精采，有人表演吞劍，還有一個男人朝著在轉盤上旋轉的女人丟短劍。坐在我們前面的幾個人不敢看，便用手遮住眼睛，但是我連眨眼都捨不得。

表演持續進行，我開始擔心尼可拉斯・德・弗雷是不是根本不會表演，說不定排練的時候出了狀況？也許他來不及逃出水缸，發生了嚴重的意外？這些想法讓我有點頭暈，但是燈光暗了下來，喇叭大聲播送一陣低沉的聲音。

「各位先生女士及小朋友們……請鼓掌歡迎我們的特別來賓，尼可拉斯・德・弗雷以及他的助理艾蜜莉！」

觀眾發出喝采，我用力鼓掌，不小心撒出好多爆米花。燈光還是很暗，但是我隱約看到一個高大的男人和一個稍矮的女人走到表演區，他們身後跟著四位穿著灰色衣服、推著一個箱子的人。當燈光亮起，我看見那是一個裝滿水的大玻璃缸，它有個金屬蓋，上面有手銬和大鎖。

　　尼可拉斯・德・弗雷打赤腳，穿著白色背心和深色長褲，他站在水缸前面舉起雙手，大家都為他歡呼。他旁邊有一位看起來很健美的女人，穿著黑色背心和白色長褲，是尼可拉斯的助理艾蜜莉。他們兩個人扶著大水缸並且慢慢轉圈，讓觀眾知道水缸後面和底部都沒有暗門或機關，旋轉時，裡面的水也跟著轉動傾斜。

　　接著，尼可拉斯伸出雙手，艾蜜莉從黑色袋子裡拿出一副銀色手銬並銬在他的手腕上。他把手舉到頭上，走來走去讓我們看看這副手銬有多麼堅固牢靠。接著他站到水缸旁邊，艾蜜莉又用金屬銬住他的腳踝，接著將一條銀色大鎖鏈繞過手銬後面，再穿過腳鐐，最後用大鎖鎖上。現在，尼可拉斯的手腳都被綁在一起了，跟海報上的照片一樣。

　　我往前傾。尼可拉斯不可能逃脫的，而且還是在水裡呢！萬一他沒辦法憋那麼久的氣呢？有兩個男人跑進表演區，站在水缸兩側並掀起了沉重的上蓋。他們協助尼可拉斯走進水缸，水深到他的胸口。他穩定的呼吸幾次，準備開始。接著他大吸一口氣，讓自己下沉，完全沒入水裡。

　　他們開始加快表演節奏。首先，那兩個男人用力關上蓋子，用大鎖鎖住。艾蜜莉繞著水缸走，而尼可拉斯在水裡扭動。

他推著玻璃，眼神看起來很驚恐。我感覺胸口快要爆炸，便用力吐氣。

「他不會有事吧，爸？」我喘氣說，「他看起來不太妙耶！」

「他當然不會有事，」爸說，「這就是表演啊。」

那兩個男人各拿著一根長桿，上面連接著一大幅黑色布幕。他們繞著水缸走，遮住了尼可拉斯，所以我們看不見裡面發生什麼事。我想像尼可拉斯在水裡掙扎，就快要憋不住氣，同時拚命讓雙手與雙腳掙脫的樣子。布幕開始抖動，我不想錯過任何事情所以完全捨不得眨眼，突然間，咻的一聲後，他們讓布幕落在地上，觀眾看著水缸發出驚嘆。

裡面是空的！尼可拉斯徹底消失了！鏈條、手銬、腳鐐和大鎖都沉在水底。

觀眾陷入瘋狂，周圍的人都站起來歡呼大吼。我也把爆米花放在位子上站了起來，拚命大聲鼓掌。艾蜜莉向大家深深一鞠躬後輕快的離開表演區，跑到紅色布幕後面。

「真是不可思議！」我對爸說，「你有看到嗎？他去哪裡了？太神奇了！」但是爸沒有聽我說話，他又拿出手機。

「再一場！安可！再一場！」我跟周圍的人一起大喊。我拍手拍得好痠啊，這是我這輩子見過最棒的表演了！

爸也站起來了，他抓住我的手要我別再鼓掌，並說我們該走了。就在我們擠過一排喝采的觀眾時，我發現我把爆米花留在座位上了。我轉身想要回去拿，但是爸卻說把爆米花留在那裡就好。我們從出口離開、回到車上。我想爸只是想比大家先

一步離開好避開車潮。

我們到家之後，我跟媽說這是有史以來最棒的夜晚。她對我微笑，但是眼睛看起來有點紅。我問她是不是哭過，她只是搖搖頭。

「我很高興妳過得開心，梅樂蒂。」媽說，她親了我一下之後要我自己上床睡覺。

爸也給了我一個大大的擁抱，並在我的頭上親了一下。

「我愛妳，梅樂蒂。」爸說，他緊緊抱住我，我邊笑邊掙脫他的懷抱。有一個這麼棒的夜晚，我好快樂。

隔天，一切都不一樣了。

下樓時，我發現媽在廚房，她坐在餐桌前，身上還穿著昨天晚上的衣服，看起來似乎整晚都沒睡。她面前有個已經打開的信封，地上有一團皺皺的東西。

「媽？」我說，「怎麼了？發生什麼事？」

「對不起，梅樂蒂，」媽抬頭看著我說，「爸走了，他離開我們了，不會再回來了。」

「什麼？」我說，「可是……可是這不可能啊！」

我跑到客廳的窗邊，爸的車子不在車道上。我跑上樓打開他的衣櫃，裡面是空的，只有幾支衣架。我接著走進浴室，媽搞錯了吧？爸不可能就這樣離開吧？但是浴室的白色漱口杯裡只有兩枝牙刷。

我回到房間、坐在床上，腿開始顫抖。

我不敢相信。

爸消失了，就跟尼可拉斯‧德‧弗雷一樣。

CHAPTER 6

栗樹巷7號的詹金斯家

　　法蘭基把頭放在我的腿上，我坐在瘟疫屋的窗邊輕輕摸著牠的後頸。我已經出門一陣子了，雖然我在生媽的氣，但是我並不想讓她擔心，世界上最糟的感受就是擔憂了。

　　我把法蘭基放到地上並牽起牠的牽繩，這時候我又聽到了同樣的聲音——樓上傳來低沉的吱嘎聲。於是我走進第一個房間。

　　「哈囉？」我呼喊，心臟怦怦跳，「有人在上面嗎？你沒有嚇到我喔，我不怕！」

　　法蘭基歪著頭，開始嗚嗚叫。我仔細聽了一下，但是沒有聲音。

　　「走吧，法蘭基，」我說，「大概又是風吧。」

　　我們往外走，越過坍塌的磚牆又穿過草叢。就在我踏上通往教堂的主要步道時，我踩到了一張悼念卡，這些長方形的小卡片都是參加葬禮的親朋好友留下來的。我撿起它，經過垃圾桶時把它扔了進去。

　　當我們走到通往栗樹巷的小路盡頭時，我停下來看著那個

寫著「出售」字樣的看板，它在我們家的車道上拉出又長又黑的陰影。我們家的路邊停了一輛白色小車，客人一定還沒離開。

漢娜・詹金斯從7號走了出來，小心的把嬰兒車抬下門階。她穿著粉紅色低跟鞋、白色牛仔褲和檸檬黃襯衫，看起來有點像冰淇淋。

「哈囉，梅樂蒂！」漢娜大喊，「妳有看到羅瑞嗎？我是說，詹金斯先生。」

詹金斯先生在我們學校教體育，是最尖酸苛薄的老師，他特別喜歡欺負傑克，會盡可能的折磨他。

「我想他今天應該在帶課後社團。」我說。

「噢，當然了，我真傻。」漢娜說，她面露微笑，但是白皙的牙齒卻緊咬著。她探頭看向嬰兒車裡面，「看來只有我們兩個要去『藝術手作』了，對不對呀麥斯？」

有隻粉嫩的小手在空中揮舞。「藝術手作」是個工作室，你可以去那裡彩繪陶器，讓他們幫你燒製，過幾天再去拿成品。我小學的時候曾經去過在那裡舉辦的一場生日派對，大部分的人都選擇畫獨角獸和蝴蝶，但是我畫了蛇。

「麥斯的年紀去彩繪陶器不會太小嗎？」我說。

漢娜笑了起來，「我們不是去彩繪陶器，只是在盤子上蓋手印，做個一家三口的紀念品。看來我們要留一個位置給爸爸了，對吧，麥斯？」

威爾森開始在廚房狂吠，我可以從前門看見牠不斷撞嬰兒柵門，頭上還用小小的紅色緞帶綁住一撮毛。法蘭基看著威爾

森不斷搖尾巴，漢娜則嘆了一口氣。

「我根本不想養狗，」漢娜說，「照顧小孩還不夠忙嗎？真不知道羅瑞在想什麼。」我想她可能一時忘了我就站在這裡。漢娜關上家門，當她轉身回來面向我時，一如既往的完美笑容又出現了。

「妳要搬家啊，梅樂蒂？」漢娜說，並往「出售」的看板點了點頭，「好突然喔，妳們要搬到很遠的地方嗎？」

我把手環抱在胸前，「沒有，這是誤會。」我說，「媽正在打電話給仲介。」

漢娜的視線轉向白色車子，又回到我身上。

「我以為有人來看房子耶。」她說。

我搖搖頭。

「原來是這樣。總之，很高興見到妳，梅樂蒂。」漢娜說。我讓路給她，於是她推著嬰兒車走了出來，朝鎮上的方向前進。

我回到家時，聽見媽在餐廳裡說話的聲音。

「夏天的時候這裡很舒服，這裡朝南，所以整天都有陽光。」她從廚房走過來，兩個男人跟在她身後。

「哈囉，梅樂蒂！」媽說，「沒想到妳這麼快就回來了。這兩位是戴倫和克萊夫，他們來看房子。」她的音調高得很不自然也笑得很用力，看起來十分痛苦。我解開法蘭基的牽繩，牠便跑過去跟那兩位男士打招呼。

「那你們覺得呢？」我說，「這間房子如何？」其中一個人彎腰摸摸法蘭基。

「這裡滿符合我們的需求，這條路很安靜對吧，戴倫？我們就是想找這樣的地方。」

戴倫點點頭，「我們也很喜歡這裡的花園，它就像一張空白的畫紙，我們可以自由揮灑、好好運用。」

我哼了一聲，「是啊，除了冬天淹水的時候。那裡一年之中大概有六個月都像沼澤一樣對吧，媽？」

媽瞪著我，「妳在說什麼？」她說。

「這條路現在看起來很安靜，但是週末你就知道了，有些鄰居喜歡打開窗戶、放音樂，尤其是 11 號，」我說，「查爾斯先生喜歡放搖滾樂。克萊夫、戴倫，你們喜歡搖滾樂嗎？」

克萊夫皺起鼻子，「不，不太喜歡。」他說。

「梅樂蒂！」媽說，接著對那兩位男士說，「梅樂蒂只是想讓自己幽默一點，那些都不是真的，這條路非常安靜。」

「去年夏天一點也不安靜喔，」我說，無視媽的話，「整條路都是警察，因為發生了綁架案，你們應該在新聞上看過吧？所有報紙都有寫喔，還上了電視呢！」

戴倫吞了吞口水，喉結上下動了一下。

「綁架？」他說，並轉頭看向媽，「這是真的嗎？」

我們都看著媽。

「嗯，對，確實有這件事，」她說，「鄰居的外孫出了一點狀況，但是都解決了。」

克萊夫看了一下手錶，「好，那，謝謝妳為我們介紹，克勞蒂亞。我們還有幾間房子要看……」

他們往門口移動，很快就說再見並離開了。關上門後，媽

轉向我。我在等她發脾氣，罵我毀了這次帶看，一點都不成熟。但是她只是顯得很疲憊。

「我去泡個澡。」她說。

媽慢慢走上樓，我到客廳從書包裡拿出手機並傳了訊息給馬修。他以前覺得手機很可怕，有很多細菌躲在縫隙裡，但是就在他開始去羅德醫生那裡治療後沒多久，有一天我收到了一則訊息：

馬修

猜猜是誰得到了手機呀？

我現在真的很需要馬修，我對媽感到很失望，想跟最好的朋友說說話。我傳訊息給他：

梅樂蒂

嗨，馬修，是真的，我媽要把我們的房子賣掉。她希望我們搬家，我好擔心。

我看見訊息已讀，我坐在沙發上盯著螢幕等他回覆。馬修一定知道我能做些什麼，他在這方面很聰明。我在等馬修回覆的時候查了很多有關瘟疫屋的資訊，並讀了幾篇文章。在其他國家，也有類似的房子用來隔離病人，在加拿大叫做「熱病屋」，真的很酷。

二十分鐘過去了，馬修還是沒有回傳訊息。我決定放下手

機，不再盯著它看。我到廚房拿點水果還有一些飲料，接著幫法蘭基梳毛、加水。等到聽見媽拔掉浴缸的塞子時，才走回客廳看手機。

他還是沒有回覆。

CHAPTER 7

傑克與過敏的皮膚

我翻來翻去好幾個小時，都在擔心搬家這件事。我是不是得轉學呢？要交新朋友怎麼辦？光想到要去一個誰都不認識的地方就讓我覺得難受。

隔天早上醒來，媽想要給我個擁抱，但我轉身躲開了。

「用不著這樣，梅樂蒂。」媽說，她看起來很受傷。

「那妳也用不著賣房子卻不告訴我，不是嗎？」我回嘴。媽嘆了口氣後拿起包包。

「晚點見了。」媽說，並把門帶上。她的朋友艾瑞卡去年在鎮上開了一間有機咖啡店，她們要輪流去開門，為早餐的人潮做準備。

馬修還是沒有回覆我的訊息，但是我想也許他昨天晚上過得很糟，不敢拿起手機。早上 7:55，我在玄關等待，從門上的小菱形窗往外看。9 號的門打開了，馬修走出來在陽光下眨眼。我走出去，迅速穿過馬路去對面找他。

「嗨，馬修！你有收到我的訊息嗎？」我說。馬修皺起眉頭。

「喔，有，抱歉，我忘記回了。」他說。

我感覺自己臉上的笑容消失，他忘了？

「真糟糕，妳要搬家了。」他說。我們開始往前走，「真的很糟糕。」我在等馬修說些別的，像是安慰的話，好減輕我的擔憂，讓我感覺不那麼孤單。但是他沒有，他一句話都沒有說，我們沉默的走了一段路。

「我昨天傍晚又去了墓園的那間屋子，」我說，「還看了一些瘟疫屋的資料，你知道上次瘟疫大爆發是在 1666 年嗎？瘟疫屋也叫做『瘟疫醫院』和『熱病屋』，也會用在其他的傳染病，像傷寒或天花，不過我們都打過這些疫苗了。」

「很好。」馬修說。他聽起來並不感興趣，事實上，他好像根本沒在聽，說不定又在想細菌的事了。

「你去羅德醫生那裡治療的狀況怎麼樣？」我問。我知道馬修不喜歡聊這件事，但我想讓他知道我關心他。

「還好啦，」馬修說，「有時候比較輕鬆，有時候感覺還好，但是下一秒又開始害怕在學校走廊上碰到的門把有致命的細菌。這種想法會卡在腦袋裡，你會不斷的想，這就是『強迫症』。」

馬修的困擾就叫做「強迫症」，在我認識他之前，從來沒有聽過這個東西。

「羅德醫生說，要花上一陣子，才能消除腦袋長久以來都信以為真的東西。」馬修說。

我點點頭，這很合理。

這種感覺真好，兩個人一起聊天，我們好久沒有一起相處

了。

「如果你想找人聊聊的話，你知道我很願意傾聽。」我說。馬修對我微笑，我在等他回我一樣的話，尤其是我家要賣掉了，但是傑克跟他的腳踏車就在前面，我咕噥了一聲，他看起來在等我們。

「嘿老兄。」傑克說。

馬修對他露出笑容，「嘿老兄。」他回。

「嘿，梅樂蒂，妳要搬家喔？」傑克說。

我搖搖頭，「沒有。」我說。

傑克跳下腳踏車，跟在我們旁邊。

「什麼意思啊，沒有？妳家不是要賣嗎？」傑克說。

我聳聳肩，「我媽不會真的賣掉的，」我說，「她知道我很不想搬家。」

傑克哼了一聲，「最好是。」他似乎認為這很有趣，「我昨天看到妳又去墓園了，妳可以搬去那裡啊！」他說。

傑克大笑，我發現馬修也露出笑容，似乎也認為這很好笑。我的胃一陣翻攪，為什麼馬修要這樣？

有人在校門口對我們大喊：「**傑克‧畢夏！**」是詹金斯先生，他穿著黑色運動褲和緊身黑T恤，雙手插在胸前，想必這週是他擔任導護。我們朝他走過去，詹金斯先生說：「是我眼花了還是你真的準時到校了，畢夏？」

傑克低著頭，「是的，先生。」他說，聲音好小。

「如果你繼續保持的話，說不定可以加入『鄉間越野田徑隊』。集合時間是星期三早上 7:30。」詹金斯先生說，「如

何？」

傑克漲紅了臉，沒有抬頭。

「呃，我不行……呃。」傑克說。

「噢對，當然了，」詹金斯先生說，「你沒辦法做任何需要耗體力的事情，對吧？」

我看著傑克，但是他沒有說話。

「傑克不能做是因為他會太熱、會流汗，詹金斯先生，他的皮膚很敏感。」我說。詹金斯先生盯著我，我繼續說：「他會過敏，還有嚴重的溼疹，學校都有紀錄，對吧，傑克？」我望向傑克，但是他只是低頭看著地面。

「噢對，」詹金斯先生說，「那個神祕的『皮膚問題』。」他的語氣聽起來好像不認為有這種東西存在。有一群十年級的學生在互相推來推去，詹金斯先生趕過去處理，我們便走進校門。

「妳為什麼要那樣說啊？」傑克對我說。

「你的皮膚過敏嗎？那是真的啊。」我說，「詹金斯先生明明就知道你有正當理由，但還是處處針對你，你應該告訴其他人他是怎麼對你的。」

馬修顯得很不安，傑克也臉紅了，「誰會相信傑克‧畢夏啊！」他怒瞪著我，「妳只會讓一切變得更糟！下次他會更針對我。閉上妳的嘴，梅樂蒂‧柏德。」

我望向馬修，希望他可以幫我講話，畢竟我們是朋友啊。最後馬修終於開口了：「傑克說得對，還是別管這件事吧，梅樂蒂。」

我愣住了，傑克對我露出「就跟妳說吧」的表情，接著他們一起走向操場。

傑克與過敏的皮膚

CHAPTER 8

神祕的男孩海爾

放學回家時，媽在客廳吸地板。

「妳怎麼在家啊？」我說。

「噢，哈囉，梅樂蒂，」媽說，並關掉吸塵器，「再過十分鐘有客人要來看房子，所以我提早下班趕快打掃一下。」

「妳有試著跟爸聯絡嗎？」我冷冷的說。我連媽是不是還有爸的電話號碼都不知道，而且我很肯定在爸離開之後，媽就換了手機號碼。爸在離開後幾週開始寄信給我們，但是媽連看都沒看就把信撕掉了。

「梅樂蒂，我們自己也可以處理，不需要他的幫助。」媽啟動吸塵器後轉身。

「如果我們要搬家的話，就需要他的幫忙啊！」我在噪音中大吼，但是媽沒有抬頭。我走到玄關拿起法蘭基的牽繩，牠已經坐在門邊等我了。

我們走進小路，法蘭基停下來嗅一叢沒什麼特別的雜草。有時候我在想，狗狗是不是會留下氣味來傳達訊息，當我在想法蘭基會留下什麼訊息時，有個聲音嚇了我一大跳。

「又要去跟死人鬼混啦？」是傑克，他蹲在他家院子的牆邊，手裡還拿著扳手，腳踏車倒放在一旁，他的臉在太陽下看起來又紅又痛。

「你能不能休息一天不要這麼討人厭啊？」我說。

傑克大笑，說：「只是開個玩笑，梅樂蒂，妳好敏感喔，難怪馬修受不了妳。」

我吞了吞口水。

「你說什麼？」我說。

他聳聳肩。

「啊，沒有啦，」傑克說，「就是那天晚上看電影的時候，他說了一些事而已。說妳……他是怎麼說的？喔，相處起來很……累人。」

我開口想要說些什麼，但是卻什麼也說不出來。馬修真的這樣說嗎？我感覺眼淚在眼眶裡打滾。砰的一聲，我們都抬頭看。詹金斯先生穿著短褲和 T 恤從 7 號走了出來，小狗威爾森戴著紅色的胸背帶在他的腳邊繞圈狂吠。

「下次見啦。」傑克說完連忙進屋。他的行為或許剛烈，但是當詹金斯先生出現時就不一樣了。

我看著詹金斯先生走到馬路上，威爾森在他前面彈跳，左跑右跑。

我繼續走進小路，一邊想著傑克剛才說的話。我讓人覺得很累嗎？一想到馬修這樣說就讓我覺得很難過，他不想跟我當朋友了嗎？

我繞著跟平常一樣的路線，先讓法蘭基好好散個步再去瘟

疫屋。牠小跑著，偶爾停下來聞一聞墓碑。有人把灑水壺遺留在水龍頭旁邊，法蘭基認真的嗅了一陣。不管是誰忘記的，我想他很快就會回來拿。

天空陰沉沉的，雖然現在是春天，空氣裡還是有點冬天的寒意。如果遇到下雨，我就可以躲在瘟疫屋裡等雨停。其實，我希望可以下一場好幾個小時的雨，這樣我就可以因為躲雨而不用回家。

繞完一圈後，我開始走向那道老舊坍塌的磚牆。法蘭基慢了下來，我抱牠走過那堆掉落的磚頭，把牠放在草地上後望著這間老房子，它看起來比以前更陰沉了。我感覺有幾滴雨打在臉上，突然之間，天空彷彿有個巨大的水龍頭被打開。

「來吧，法蘭基，」我說，「快跑！」

我們跑到門前並擠了進去。我拍拍制服裙子和外套上的雨水，法蘭基甩甩身子並搖起尾巴。

「你沒事吧？」我問牠，「好溼喔。」我四處張望，「下次來這裡的時候也許可以帶個東西來坐，幾個抱枕之類的。」我說，然後露出微笑。

我可以把這裡布置得像爸幫我在餐桌下弄的小窩一樣，不過這裡大多了。我好像有一些裝電池就會亮的燈串，也可以帶一些蠟燭，還有房間的地毯，也許吧，這樣這裡就不會這麼……陰沉了。

就在這時，法蘭基開始咆哮。牠看著另一個房間，背上一排毛都豎了起來，從脖子到尾巴；牠齜牙咧嘴，露出上排尖尖的小牙齒。

「怎麼了，法蘭基？」我說，同時往那扇門望去，「你被什麼東西嚇到了？」牠從喉嚨深處發出轟隆隆的咆哮聲，並開始吠叫。我跳了起來。

「法蘭基！夠了！」我說，但是牠沒有理我。法蘭基尖銳的叫聲從堅硬的磚牆回彈，在房間裡繚繞。我蹲下來把手放在牠的肩膀上，感覺到牠一邊咆哮，一邊發抖。法蘭基朝那扇門衝去，但是我拉住了牠的項圈。

「是什麼，法蘭基？你看到什麼了？」我說，並試著笑一下讓自己不那麼害怕，「是一隻很大很可怕的老鼠嗎？還是毛茸茸的蜘蛛？還是你看到鬼了……」

我停了下來，另一個房裡有人影在移動。我站起來，心臟劇烈跳動，我往那扇門走了幾步，接著看見了其他東西。角落有個背包，就在髒髒的毯子旁邊，昨天絕對沒有這個東西，而那顆圓圓的小鵝卵石又出現在窗台上了。

「哈囉？」我說，「有人在裡面嗎？」

一片沉默。

「我警告你喔，」我說，「我有一隻凶猛的狗！」

我低頭看法蘭基，牠已經不再咆哮，正在忙著舔自己的屁股。

我往裡面走，上前查看那個背包。背包的拉鍊沒有拉上，我便往裡面看。

「不准動！那是私人物品！」有個聲音說。

我跳了起來並轉過身。一開始，我不知道聲音是從哪裡來的，裡面很暗。但有人從門後走了出來。

是一個男孩，看起來比我大幾歲，也比我高一點。他穿著紅色針織外套、灰色 T 恤和過短的牛仔褲。他的臉色蒼白，幾乎是半透明的，好像鬼魂或是染上瘟疫的人。

「你……你是不是……跟他們一樣？」我沙啞的說。

男孩皺起眉頭，手臂不自然的垂在身體兩側，彷彿不知道該拿它們怎麼辦。

「誰？」他說？

我吞了吞口水，「染……染病的人。」我說。

男孩搖搖頭，「不是。」他說。

他的視線在房間裡飄來飄去，我發現他的呼吸急促，看起來就跟我一樣緊張。法蘭基拉著我靠近他，牠的爪子在木地板上滑了一下，尾巴狂搖，完全不是什麼凶猛的狗。我慢慢走近，看著那個男孩跪下來拍拍法蘭基的頭。他摸法蘭基的樣子就像個兩歲小孩。

「牠好軟喔。」他抬頭看著我說。

「牠叫法蘭基，」我說，「從『法蘭克福』這個字來的。」

男孩一臉茫然。

「法蘭克福臘腸啊，」我繼續說，「你知道達克斯獵犬也叫做臘腸狗嗎？所以我們幫牠取名叫法蘭基。」

男孩沒有回話。法蘭基在地上磨蹭著背，讓他輕輕搔著牠的肚子。

「好吧，不過你是誰啊，又在這裡做什麼呢？」我說，要跟一個陌生人共享這間祕密小屋讓我感到生氣。他沒有說話，好像在思考該說些什麼。

「我也可以問妳同樣的問題，」他終於開口，並站了起來，「妳是誰，又在這裡做什麼呢？」

我揚起下巴，「我叫梅樂蒂，」我說，「梅樂蒂·柏德。」

「梅樂蒂·柏德，」他說，並仔細思考，「這個名字真有趣——柏德（Bird）這個字跟『鳥』的英文一樣。妳知道英文裡，『一群烏鴉』跟『謀殺』（murder）是同一個字嗎？」

我看著他搖搖頭，「你到底是誰啊？」我又問了一次。

但他只是回望著我。我不喜歡他提到謀殺，也不喜歡他不告訴我他是誰。遠處傳來轟隆隆的低沉雷鳴，聽起來有點像法蘭基的咆哮聲。我不確定自己想不想繼續待在這裡。

「好吧，我們該走了。」我說完，便往門口走去，但是男孩走向前擋住了我們的去路。

「妳不會告訴別人我在這裡吧？」他說。

「可能會喔，」我說，「你不告訴我你的名字，行為又很可疑，我怎麼知道你不是什麼奇怪的人。」

他想了一下，接著表情一亮，「嘿，妳喜歡魔術嗎？」他說。

我皺起眉頭。他跑向窗台，拿起灰色的小鵝卵石，他將袖子捲起後把鵝卵石放在右手掌心。他來回翻動左手，讓我知道那隻手沒有東西，接著他把鵝卵石換到左手並來回翻動右手，接著張開雙手。鵝卵石消失了！

「好厲害喔！」我說。

他露出微笑並朝我走過來，我往後退了一步，就在這時，他把手伸到我的左耳後方，接著再把手收回並張開拳頭，灰色

的鵝卵石就在他的手掌心上。

我笑了出來，「你真的會變魔術耶！」我說。

他咧嘴笑著，「我會啊。」他說。我又對他皺起眉頭，我知道他想做什麼，他想轉移我的注意力，這是魔術師很擅長的事。

「那，現在可以告訴我你是誰了嗎？」我說。他的臉色一沉，接著走向窗台，把灰色鵝卵石放回去。

「不行。」他一口回絕。

「為什麼不行？」我說。

他低頭看了看法蘭基，牠露出肚子，頭埋在兩隻前腳之間。

「嗯，因……因為……這不干妳的事。」他說。

我嘆了一口氣，「好吧，隨便。」我說，「走吧，法蘭基，我們要回家了。」

男孩抬起頭。

「等等，妳要發誓不會跟別人說才能走，這真的很重要。」他說。他的藍眼睛張得好大，我發現穿著紅色針織外套的他非常瘦，我可以從貼在他身上的 T 恤看見肋骨的線條。我聳聳肩，走回另一個房間。

「等等，梅樂蒂‧柏德！」他大喊。

我慢慢轉身，看著這個又瘦又蒼白、穿著紅色針織外套的男孩。「我告訴妳為什麼我會在這裡，但是妳要保證不能告訴任何人。」

「你要我保證？」我說。

他點頭。

「這要看情況，我可不想保證什麼，萬一你剛剛殺了人或犯了什麼罪，那我就得告訴別人。」我說。

他似乎在思考，「兩者都不是。」他說。

我假裝考慮這件事，但是我的心裡已經有了答案，「好吧，我答應。」我說。

我看著他咬住嘴唇，他還是什麼都沒說。

「說啊，」我說，「你到底是誰？」

他盯著地板，我想他大概是決定不告訴我了，或者，他在尋找適合的說法。他抬起頭，藍眼睛迎上了我的視線。

「我的名字是海爾·文森，」他說，「是個間諜。」

CHAPTER 9

墓園裡的間諜男孩

　　我的第一個念頭是，我不認為間諜會穿紅色針織外套。他們都穿不顯眼的服裝，例如深色西裝或灰色的長版防水大衣，好讓他們可以跟周遭環境融為一體。這個男孩穿了一件對他來說實在太短的褲子，還有五公里外就看得見的針織外套。當他站在我的面前，看起來似乎更高了。

　　「間諜？」我說。他點點頭。法蘭基坐了下來，認為我們還沒有要走。我把牠的牽繩在手上繞了幾圈。

　　「你看起來不像間諜，」我小心翼翼的說，「你看起來太……普通了。」

　　他笑了，「那當然，這是故意的，有誰會懷疑我呢？」

　　「要當間諜，你的年紀也不夠大，」我說，「你幾歲啊？15？頂多16吧？」

　　「我夠大了，」海爾說，「況且，誰說間諜一定要是成年人呢？我們得讓自己看起來像是妳最不會懷疑的人。」

　　我還是不相信，「聽起來怪怪的。」我說。

　　「這樣說好了，」他說，「我們周遭其實正在進行很多祕

密任務，梅樂蒂・柏德，就連我都不清楚所有任務。但是我非常清楚，不被大家發現就是我們要的，妳了解嗎？」

我想了一下，「不，不太了解。」我說，「總之，墓園裡不可能會有什麼間諜任務。」

「這妳就錯了。」海爾說，「跟我來。」他轉進另一間房間。我站在原地，心想是不是該直接回家，把這個男孩留在他奇怪的虛構故事裡。不過，他確實勾起了我的好奇心。我牽緊法蘭基並跟了上去、站在房間門邊。

海爾站在髒髒的窗戶旁邊，窗戶角落有著厚厚的蜘蛛網，玻璃邊緣有一堆肚子朝上的死蒼蠅。

「就是他，」海爾看看手腕上的電子錶，「非常準時。」他看了我一眼。

「如果妳願意，可以過來看，但是別被他發現，他是個非常危險的人物。」

我走近一點，但是只看見倒塌的牆、雜草尖端和一些墓碑。

「沒有人啊。」我輕聲說。

「看仔細一點，他就在那裡，右邊。」海爾悄悄說。

我又往前跨了幾步、站在海爾旁邊，這次我看見他指的是誰了。穿過磚牆缺口和草叢，那裡有一個人，他站在主要步道旁一個比較新的墓碑前面，他撐著紅色雨傘、微微低著頭。

「就是那個人，」海爾說，「馬丁・史東，二十一世紀最惡名昭彰的罪犯之一。」

那個男人看起來大約 60 歲，身穿深色長褲和米色夾克。

他從口袋拿出一條手帕，用一隻手抖開後擤了擤鼻涕，我並不覺得他看起來像是惡名昭彰的罪犯。

「你確定嗎？」我說，「他看起來……嗯，很普通。」

海爾哼了一聲，「哈，是啊，他也許是。他喜歡假裝成平凡人，但是我們已經追蹤他好幾個月了。」

不知道他說的「我們」是誰。

「他做了什麼呢？」我問。

海爾露出得意的笑容，「他什麼都做過。」他說，「馬丁‧史東留下了一堆爛攤子 —— 重傷害、洗錢、勒索，還有偷竊，而偷竊是我們想要抓他的原因。我們認為他跟一件竊盜案有關，有一條被稱為『翠鳥』的名貴項鍊在 2015 年於劍橋費茲威廉博物館失竊，上面的寶石就跟翠鳥的顏色一樣，有橘色、藍色和綠色的寶石，還有一些鑽石。根據消息，我們認為項鍊正在轉移地點，馬丁‧史東可能很快就會交貨。」

我看著那個男人把手伸到傘外，雨停了，他收起雨傘並甩一甩，看了墓碑幾眼之後便轉身離去。

「他走了！」我說，看著他的頭頂消失在視線裡，「你不做些什麼嗎？跟蹤他？」

海爾搖搖頭。

「我不是來逮捕他的，我是來監視、做紀錄的，並向我的所屬單位回報。我們得先找到翠鳥項鍊，之後才能行動。那條項鍊是逮捕他的關鍵，如果可以在他處理贓物的時候逮到他，就罪證確鑿了。」

我往外看，雨滴從樹上的葉子滑落，我對海爾說的所有事

情都感到懷疑。

海爾微微轉身並放下袖子，開始對手腕上的電子錶說話，「史東移動了，重複，史東移動了，完畢。」他說。

我仔細聽回應，但是什麼都沒聽到。我想看海爾是不是戴著耳機，但是他長長的棕色頭髮蓋住了耳朵，所以無法確認。

「你在跟誰說話啊？」我說。

他抬頭看我，眼中似乎閃爍著光芒。

「妳應該聽過軍情五處和六處吧？」他說。我點點頭。

「我的長官都在軍情八處的華里塔分部，一個精良的小組，雖然小但是戰力極高。」

「等一下，」我說，「你叫做海爾·文森，在軍情八處的華里塔分部工作，而且在監視一個危險的罪犯馬丁·史東，他從幾年前開始就因為竊案而被追捕。我無意冒犯但……你應該告訴我這些事情嗎？這些不是『機密』嗎？」我把手環抱在胸前並挑眉看他。

海爾的雙手指尖互碰，「我們只會告訴妳我們想讓妳知道的東西，梅樂蒂·柏德。我們受過訓練，知道要如何面對民眾，也能利用這樣的接觸來幫助我們。」他露出微笑，「妳有想過，也許我是故意告訴妳這些，以利我追查案子嗎？」

我看著這個死氣沉沉又冰冷的房間，然後望向地上那團毯子和背包，毯子上有筆袋和記事本。

「如果你是間諜，我想你應該知道這間屋子以前是用來做什麼的吧？」我說。

他沒有回答。

「這是一間瘟疫屋，」我說，「他們把病人關在這裡，以免把病傳染給別人。你知道這裡有多可怕嗎？被關在一間又冷又黑的房子裡……等死。」

他快速掃視這個房間。

「太可怕了。」他低聲說。

我點點頭，「是啊，他們可能會痛苦的打滾，知道再也無法擁有陽光照在臉上的感覺了。」我說，接著沉默不語，只聽見風吹動窗戶的聲音。

突然間，法蘭基甩甩身子，項圈甩動的聲音讓我們都嚇了一跳。

「不過，一個現實中的祕密特務應該不會害怕這種事情吧？」我說。

他什麼都沒說，但臉上已經毫無血色。

「好，我要走了。」我說，「我等不及跟媽說了。」

他向我靠近了一步、抓住我的手臂。

「不，梅樂蒂‧柏德！妳不能跟任何人說我在這裡，」他說，「妳會把我的努力都毀掉的。如果有人知道我在這裡，那我們的努力就白費了，整個行動都會泡湯，馬丁‧史東會全身而退，就像前幾次那樣。」

我擺脫他，並往後退了幾步。我認得這種眼神，我在馬修臉上看過，當時他以為自己染上了病菌，所以非常害怕。這部分海爾肯定不是裝的。

「我在這裡的事情必須保密，外面有極度危險的罪犯，」他說，視線轉向窗戶，「會危及到我的性命。」

「那個人一點都不像罪犯。」我說。

「妳根本就不知道他的能耐，」海爾說，「如果馬丁·史東或他的同夥發現我在這裡……那我寧願染上瘟疫！」

他恐懼的神情讓我感到很緊張，那個老先生真的很危險嗎？海爾說的是實話嗎？我需要花時間想一想。

「好吧。」我說。

海爾微微露出笑容。

「不過我真的要走了，」我說，「我住在栗樹巷，穿過小路就到了。我每天都會來遛法蘭基，所以我應該會再見到你，如果你還在努力抓犯人的話。」

海爾哼了一聲，「也許吧，」他說，「但是別讓任何人看見妳來這裡。」

我點點頭，跟法蘭基一起走回前門。我們走到屋外，穿過溼溼的雜草叢。這裡肯定有什麼奇怪的事，我得把它弄清楚。我應該要跟媽說，讓她知道發生了什麼事，畢竟我沒有真的對海爾說「我保證」。

我們走在小路上，我停了下來。媽站在門階上對一個正在上車的人揮手，他們離開了栗樹巷，想必是來看房子的人。我退到媽看不到的地方，等家門關上。

突然間，把海爾在墓園的事告訴媽的想法消失了。媽騙了我，她隱瞞了一個好大的祕密，我們要搬家她卻不告訴我。法蘭基抬頭看我，在想為什麼要停下來。

我決定了。如果媽對我隱瞞祕密，那我也可以。

CHAPTER 10

梅克小隊

隔天是星期六，我沒有設鬧鐘，但還是很早起。

我把手機開機，在網路上搜尋軍情八處的資料。它的確存在過，但卻是在第二次世界大戰的時候。我接著搜尋「失竊的翠鳥項鍊」，發現了一篇報導。是真的！2015 年真的有一條項鍊在劍橋的博物館被偷了，沒有找到嫌犯，也沒有找到項鍊，警方認為可能找不回來了。

所以，至少有一件事情是真的。我決定再回到瘟疫屋，看能不能知道更多。

我沖澡之後換上衣服、下樓吃早餐。當我在烤麵包上抹奶油的時候，媽從後門走進廚房。她拿著手套、鋸子、幾個夾子還有一個綠色大袋子。

「哈囉，親愛的，」她說，「我要去砍前院那棵老樹，要幫我嗎？」

我們的前院大部分都是車道，角落有一棵死掉的松樹。在賣房子之前，媽都懶得管院子裡的東西。

做這些都是浪費時間，我才不要搬走。

「沒辦法，」我說，「早上我要去墓園。」

「不會花很多時間的，」媽說，「不那麼常去對妳也比較好，梅樂蒂，不健康啊，那裡都是死人……還很哀傷。」

我不懂為什麼會有人認為墓園很哀傷。對我來說，那裡充滿歷史與美感，而且現在還有個自稱是間諜的男孩。我開口想說海爾的事，但是又馬上閉起嘴巴。她有祕密，我也可以有祕密。

「拜託啦，梅樂蒂，」媽說，並對我揮舞著園藝手套，「梅克小隊？」

我嘆了口氣後把烤麵包吃完，海爾跟墓園得等一下了。

✝ ✝ ✝

梅克小隊差點被這棵松樹打敗，它的樹幹好粗，媽的小鋸子又太鈍了。我們試著挖掉根部周圍的土，想要將它連根拔起，但是一個小時過去，我們一點進展也沒有。法蘭基趴在家門的踏墊上晒太陽，時不時抬頭確認我們還在不在，然後又把頭放下。

「我去看能不能跟查爾斯先生借到好一點的鋸子。」媽說，一邊抹去額頭上的汗，「我很快就回來。」

查爾斯先生住在馬修隔壁，他總是在花園裡愉快的忙碌著，所以極可能會有我們能用的東西。我一邊等待，一邊折斷幾根松樹上的樹枝。

我聽見兩聲關門的砰砰聲，馬修和傑克同時走下各自的門階，往我這裡走過來。

「嗨，梅樂蒂。」馬修說。

「嗨，」我說，「你們要去哪裡啊？」

「商店街，」傑克說，「有個新的電動場，我們想過去看看。」他望向馬修，馬修點點頭。

「喔，」我說，「我不知道你喜歡打電動耶，馬修。」

馬修聳聳肩，「只是去看一下。」他說。

傑克開始笑，「對啊，比逛墓園好多了！」他說。

我抿起嘴脣，不高興的看著傑克。我差點就告訴他瘟疫屋和那裡有很多有趣的事情，但是我忍住了。我轉向馬修。

「下個週末要不要一起去鎮上？」我說，「可以去我媽的咖啡店喝奶昔。」

傑克哼了一聲，馬修則是聳聳肩。

「呃，不確定耶。」他說，「也許吧。」

馬修很明顯沒有興趣。我打起精神，試著讓自己看起來無所謂的樣子。

「走吧，馬修。」傑克說。

馬修對我露出無力的笑容，他們轉身踏上栗樹巷，準備前往商店街。這時，我才讓臉上的笑容消失。

✦ ✦ ✦

即使我們用的是媽跟查爾斯先生借的新鋸子，梅克小隊還是花了一個小時才把樹鋸斷。當我們鋸樹的時候，查爾斯先生都在旁邊看著我們。

「克勞蒂亞，如果妳把鋸子往下傾斜一點，妳會發現它可

以卡得更牢。」

媽沒有回話。

「不是那樣，」查爾斯先生說，「這樣吧，讓我試一下。」

「謝謝你，查爾斯先生。」媽說，她的聲音在樹枝後面變得模糊不清，「我們這樣就可以了。」

「妳確定嗎？」查爾斯先生說，「妳用的方式根本不對，我很樂意……」

「沒事，謝謝你。」媽在樹枝後方大吼。

「噢，那好吧。」查爾斯先生說。

媽一向不會找任何人幫忙。爸走了之後，她說只要有決心，我們兩個什麼事都可以做到──我們也的確做到了。

查爾斯先生從褲子口袋拿出一把掛在紅色塑膠鑰匙圈上的銀色鑰匙，「克勞蒂亞，如果妳不需要我的話，那我去 1 號看一下，很快就回來。」

「謝謝你，查爾斯先生，慢慢來沒關係。」媽深埋在松樹的枝葉裡說。

查爾斯先生猶豫了一下，接著走開了。我停下來休息，一邊看著他離開。他走上隔壁的車道，開鎖進門。

栗樹巷 1 號已經好幾個月都沒有人住了。查爾斯先生每隔幾週就會過去查看，幫忙收信並確認水管沒有漏水之類的。屋主的小孩都住在國外，所以無法親自過來。

「終於！」媽說，她奮力鋸斷了樹幹的最後一部分，堅硬的棕色松樹就像昏過去一樣倒在車道上，媽站起來抹抹額頭上的汗水。

「太棒了，媽，妳做到了！」我說。她完成了決心要做的事，我真以她為榮，頓時忘了我還在生她的氣。這就是梅克小隊，永不放棄。我幫媽把樹拖到車子後車廂，讓她載去回收站。

「謝謝妳，梅樂蒂，清掉了真開心。」媽說，一邊關上後車廂，「我很快就回來。」她鑽進駕駛座，向我揮揮手後倒車出去。

我走進屋裡，法蘭基跟了過來，傾身倒進牠在廚房裡的小窩，我晚點再帶牠出去。我拿了一顆水果盤裡的蘋果，帶上玄關桌上的鑰匙後把門關上。我小跑穿越這條死巷，走進牧師宅和傑克家之間的小路、前往墓園。

CHAPTER 11

祕密情報局軍情八處

　　天氣很溫暖，長長的淺色雜草在陽光下呈現出金黃的色澤，這塊墓地真的很漂亮，連雜草叢生的地方也是。我一邊吃蘋果，一邊慢慢穿過雜草和荊棘，越過磚塊堆後抵達瘟疫屋。

　　我擠進門去，「海爾，你在嗎？」我大喊。我闖進後面的房間，看到他躺在地上，正拉開裹在身上的毯子。海爾對我眨眨眼，看起來有點茫然。他的背包依然放在那個滿是灰塵的角落。

　　「等等，你睡在這裡？」我說。

　　海爾坐起來揉揉眼睛，指著我吃了一半的蘋果。

　　「妳還要吃嗎？」他說。

　　我看著手裡的蘋果。

　　「嗯，應該不用了，」我說，「你要嗎？」

　　海爾緩緩點了點頭，我便把蘋果交給他，他便吃了起來。

　　「還好嗎？」我說。他搖搖頭。

　　「技術上出了點小問題。」他說。一小塊白色的蘋果肉從他的嘴邊掉了出來，「華里塔分部的通訊故障了。」

「故障，什麼意思？」我問。

海爾專心吃了一陣子，啃到蘋果籽都露出來了。

「我的通訊裝置失效了，」他說，並抬起手腕。我記得昨天他對著手錶說話——大概是在跟他的團隊通話。在我眼裡，除了看時間以外，其他用途都太老土了。

「遇到這種狀況，標準程序就是待在原地。」海爾慢慢站起來，「我想這應該跟馬丁・史東的同夥有關，他們可能遮蔽了訊號，我得耐心等待指示。」

「軍情八處的指示，對吧？」我說。他點點頭，「嗯，那就有趣了，因為我查了資料，軍情八處從 1940 年開始就不存在了。」

海爾露出微笑，「梅樂蒂・柏德，軍情八處是個祕密組織，我們當然不會在網路上到處宣傳我們在做什麼啊。」

我看著地上薄薄的毯子。

「而且他們把你留在這裡，一點食物也沒有？也沒有床？」我說。

「妳不用管這些，梅樂蒂・柏德。」海爾說，「我受過專業訓練，可以面對這種局面，我還遇過遠比在墓園等障礙排除更糟的狀況。只要我願意，我是可以消失的。」

我挑起眉毛。

「是嗎？怎麼做？」我說。

「就像魔術。」海爾說，笑著彈了一下手指。我想起那顆消失在我眼前的鵝卵石，還有從水缸裡消失的尼可拉斯・德・弗雷。我的肚子咕嚕咕嚕叫，我真的很喜歡魔術。

海爾的手臂環抱在胸前，接著轉身望向窗外。他在想該怎麼消失嗎？他背對著我，我很快閉上眼睛數到三，但是當我睜開眼時，海爾還在那裡。我真蠢，人是不可能憑空消失的！除了爸。不過爸也不是用魔術，他用的是謊言。

　　「海爾，你說的事情都是真的嗎？」我說，「真的不是你編的？」

　　海爾轉身，微微皺著眉，「我是特務海爾·文森，任職於軍情八處華里塔分部。」他說，「這不是假的。」

　　我認真觀察他的表情。

　　「有人曾經欺騙過我，讓我很難過，」我說，「我覺得說謊是最可怕的背叛之一，你不覺得嗎？」

　　「發生什麼事？」海爾說，「誰對妳說謊？」

　　我走到窗邊。我從來沒有跟其他人說過馬戲團表演之後發生的事，連馬修也不知道。唯一知道爸說謊的只有我跟媽，所有人都以為爸媽都同意要分開。

　　「我不想講這個，」我說，「但是你必須知道我不想要被騙，再也不要。」

　　海爾點點頭，「好吧，梅樂蒂·柏德，」他說，「我在此宣布，特務海爾·文森不會騙人，好嗎？」

　　「好。」我回答。我不太確定，但是聽到海爾這麼說，的確讓我開心了一點。他一直喊我的全名有點奇怪，也許特務都是這樣說話的？

　　我們靜靜的站在那裡一陣子，接著海爾走過去坐在他的毯子上，腳踝交疊在一起，有道陰影落在他臉龐下半部。

「那，你的生活一定很刺激嘍，」我說，「你是間諜啊，我的生活好……平凡。」

海爾咧嘴笑了，「我一點也不覺得妳平凡，」他說，「至少我不認為有多少人喜歡到瘟疫屋閒晃，我覺得妳滿特別的。」

我露出微笑。以前有人叫我怪胎，說我很奇怪、很古怪，但是從來沒有人說我「特別」，我挺喜歡的！

「說說梅樂蒂・柏德的世界吧，」海爾說，「一定比妳自己以為的還要有趣。」

海爾用屈起的膝蓋撐著下巴，我也過去坐在毯子的一角。

「嗯，我這輩子都住在栗樹巷，也就是這十三年的時間，雖然我媽有搬家的荒謬想法。」我說，「這裡是一條封閉的死巷子，所以就像我們的私人道路。我家只有兩個人，噢，當然還有法蘭基。」

「當然，」海爾說，「這隻小狗看起來就像毛茸茸的臘腸！」

我發出咯咯的笑聲。

「我們隔壁的房子沒有人住，但是我們家另一邊是一間很棒又很詭異的房子，叫做『牧師宅』，老妮娜就住在那裡。」

「老妮娜？」海爾說，「她有多老？」

「這只是綽號啦，」我說，「沒有人會當面這樣叫她。其實呢，你可以從墓園看到她的後院跟房子，就在那裡而已。」

我往牧師宅的方向大略指了一下，「住在她隔壁的是傑克・畢夏跟他媽媽，蘇。他哥哥最近搬去澳洲了，所以他們家

也只有兩個人。傑克跟我同年級，他有時候就是個白癡。」

「為什麼是個白癡？」海爾說。我在想該怎麼跟一個沒見過傑克的人描述他。

「他就是有點……討厭，我覺得他大概不知道自己很惹人厭吧。馬修說因為傑克從小就過敏，所以都被人欺負。他的皮膚有時候看起來紅紅的，有點破皮的樣子，所以就有人喜歡找他麻煩和罵他一些難聽的話。不過我不認為這是傑克對別人無禮的藉口，你覺得呢？」我說。海爾點點頭。

「那馬修是誰？」海爾說，「他住在傑克隔壁嗎？」

「不是，傑克隔壁是 7 號的詹金斯家，有漢娜、羅瑞和一個叫做麥斯的寶寶，他們最近養了一隻小狗威爾森，總是在狂吠。羅瑞・詹金斯是我們的體育老師，大家都很討厭他，尤其是傑克，因為他經常找傑克的麻煩，有時候傑克根本沒怎樣。」

海爾點頭，「這也許可以解釋為什麼傑克有時候會很討人厭。」他說，一邊拔掉針織外套上的毛球。我皺起眉頭，不能理解為什麼詹金斯先生對傑克不好，會讓傑克也想對別人不好，但是我繼續說。

「詹金斯家隔壁是 9 號，馬修跟他的媽媽席拉、爸爸布萊恩就住在那裡。噢，還有他家的貓奈吉，雖然馬修不是很喜歡動物，因為他覺得牠們有很多細菌。他爸媽超棒的，馬修也是我認識的人當中最堅強的一個。他經歷了好多事情，而且還在去年解開了一樁犯罪喔！有個叫泰迪・道森的小孩在我們巷子裡失蹤了，馬修成功解決了這件事，成了當時的小英雄呢！」

海爾若有所思的點點頭，「我記得那件事，報紙上有寫。」

我露出微笑，我真以馬修為榮。

「聽起來，馬修是妳很重要的人。」海爾說。我聳聳肩。

「應該吧，他是我最好的朋友，但現在我不確定了，他現在比較常跟傑克在一起。」我說。我本來想說我覺得馬修不像以前那樣喜歡我了，但是話卡在喉嚨裡面。

「他跟『白痴』傑克的感情比跟妳還好？那他一定是瘋了。」海爾說。這讓我感覺好了一點。

「那馬修隔壁是誰呢？」海爾說。

「那是栗樹巷的最後一間房子，」我說，「是 11 號的查爾斯先生，他退休了，而且花好多時間照顧前院的花園，他會跟經過的任何人聊天。」

「他聽起來很寂寞。」海爾說。

我皺起鼻子，「我不這麼認為耶，我只覺得他很喜歡講話。」

海爾聳聳肩，彷彿在說「也許吧」。我從來沒有想過查爾斯先生很寂寞。

「他們就是住在這裡的所有人！這就是栗樹巷。」我說。

海爾微笑時，眼角出現了小細紋，我低頭看著地上的蘋果核。

「需要我幫你帶點吃的嗎？」我說，「你一定餓壞了。」

海爾摸摸額頭，「這樣好嗎，」他說，「我不想讓妳冒險。」

「不會呀，」我說，「我不會被人發現的。」

海爾把下巴靠在膝蓋上，看起來在認真考慮這件事。

「妳覺得妳可以自己處理嗎？我的意思是不讓任何人知

道，妳不能告訴媽媽或馬修或傑克或那位老妮娜或查爾斯先生，不能有人知道我在這裡。」

我覺得自己的手臂正在起雞皮疙瘩，「當然，沒有人會知道的，海爾。我會幫你保密，我保證。」他緩緩吸了幾口氣。

「我想一次應該沒關係吧，」海爾說，「我都用墓園裡的水龍頭喝水，也到教堂上廁所，但是我無法取得食物，妳可以幫忙帶點能讓我撐久一點的東西嗎？能量食物，例如水果跟堅果之類的？」

「沒問題，」我說，「還需要別的嗎？」

「嗯，也許一套可以替換的衣服，還有手電筒，這裡晚上挺暗的。」

「好。」我說。我的腦袋轉個不停，思考該從哪裡弄到衣服。

「如果有望遠鏡的話就太好了。」海爾繼續說。

我把這些記在腦中，看來我得費點力氣了。海爾對我微笑。

「華里塔分部會非常感激妳的貢獻，梅樂蒂．柏德。」海爾說，「我會讓他們知道妳在這次的任務當中有多麼重要。」

我站起來，看見窗外有東西。

「你看！他來了。」我說，海爾站起來跟我一起往外看。馬丁．史東又站在那座墓穴前面了，他穿的跟昨天一樣，深色長褲和米色外套，但是這次他沒有拿雨傘。他彎腰撥弄了一下玫瑰叢，接著用灑水壺澆水。海爾站在我旁邊觀察他。

「不能跟你的分部通訊的話，你要怎麼回報馬丁．史東的

行動啊？」我說，「這不就是你來這裡最重要的事嗎？」

「我可以記錄他出現的時間和日期，看看有沒有什麼規律，這些都是極為重要的資訊。」海爾說。

那位老先生把水倒光後，將灑水壺放在腳邊，接著從外套口袋拿出手機開始打字。他只用一隻手指頭，而且打得很慢。

「真可惜，」海爾說，「他可能正在跟同夥聯絡。如果我可以跟團隊取得聯繫的話，現在就可以攔截訊息了，也許可以找到項鍊、成功破案！」

馬丁‧史東收起手機，拿起灑水壺轉身離開。

「看來他今天不會再來了，」海爾說，「肯定有事要發生了，放項鍊的地點可能比我們以為的還要近，我想他們要移動它了。」

我想了想海爾跟我說的所有事情，軍情八處、馬丁‧史東、被偷的項鍊、未解的竊案、監視。我還是沒有完全相信他的故事，這些聽起來有點像電影情節或是一場遊戲。

「我要去幫你準備東西了，」我說，「除非你還需要其他的東西，例如一枝有隱藏鏡頭的筆？」

海爾似乎在認真考慮，我想他並不知道我在開玩笑。

「不用了，那些就夠了。」海爾說，「再次表達感謝，梅樂蒂‧柏德。妳做的事情相當重要，軍情八處會非常感激的，妳將會是團隊的一分子，以某種形式來說。」

我的心跳加快了一點點，加入真實生活中的間諜團隊，他是說真的嗎？

「沒問題。」我笑著說。

CHAPTER 12

珠寶大盜馬丁・史東

　　我沿著原路往回走，慢慢踩過雜草後回到主要步道上。

　　無論海爾是不是間諜，我都為他感到難過；只蓋一條毯子睡在又黑又冷的瘟疫屋裡簡直太可怕了。我知道媽的衣櫥底下有一條厚毛毯，拿走的話她一定不會發現，我把這也列入清單。食物和手電筒很簡單，而且我知道馬修有望遠鏡，所以我可以去跟他借借看。不過我沒辦法開口跟他要衣服，他會問很多問題。

　　我在路上聽見有人吹著口哨哼歌，是一個站在水龍頭旁邊的男人。是馬丁・史東！他根本沒有離開墓園，只是拿灑水壺去取水而已！我僵住了，喉嚨一陣緊縮。我想起海爾的話——這個人是全國最重大的珠寶竊案主謀，而且非常危險。也許我該回到瘟疫屋警告海爾？但要是在途中被馬丁・史東看見，他就知道海爾躲在那裡了。

　　我聽見水龍頭慢慢扭轉開的聲音，水嘩啦啦的流進了金屬灑水壺。我繼續一步步往前，同時不斷觀察他。馬丁・史東的肩膀微微往前彎曲，他穿著白色運動鞋，可能是因為這樣比較

舒服，而不是為了跑步。他看起來真的一點也不像危險人物。

我可以從水聲判斷灑水壺就快要裝滿了，馬丁‧史東還是背對著我，當他彎腰關水龍頭的時候，外套底下的東西露了出來。他的腰際繫著一條棕色皮革，就像卡在他的髖部上的粗腰帶，皮帶連著一個長長的套袋，就靠在他的屁股上。我瞇眼看了一下，接著倒抽一口氣。

是一把槍！放在皮套裡！我還看見灰色握柄從上面露了出來！海爾說的是真的！他真的是祕密特務，真的在監視罪犯，而且他真的在為軍情八處工作。眼前有個人帶著手槍，就在墓園裡，是真的！

我覺得很害怕，但同時也很興奮。我再度前進，這次走得更快了。儘管這很令人興奮，但是我可不想跟一個武裝罪犯當面對峙。但是就在我準備溜過去的時候，馬丁‧史東卻突然轉身。

「妳好啊！」他說。

我瞬間僵住，張著嘴巴。

「我必須這麼做，不然它們會死的。」馬丁‧史東說，同時盯著我看。

我吞了吞口水，「誰會死？」我問，聲音短促又尖銳。

「玫瑰呀，我太太最愛的就是玫瑰了。」他說，「在這種大熱天啊，它們一天就需要兩壺水，即使昨天下過雨。」

他彎腰拿灑水壺，就在這時，我發現他抓緊了外套。他想把槍遮住！

「妳來看誰呢？」他說。

一開始我以為他在說海爾，我的胃翻攪了一陣，但是接著我意識到他問的是哪位過世的人。

　　「我的叔公……呃……鮑伯。」

　　「真不錯，有像妳這樣的孩子來對他致意。」馬丁·史東微笑著說。壺裡的水灑出來一點，濺到了他的褲子上，不過他好像沒有發現。

　　「那妳的鮑伯叔公葬在哪裡呢？」他說，「應該是一塊很不錯的地方吧？」

　　我點點頭，「對啊，他就在……呃……」我的腦袋快速運轉，如果馬丁·史東發現根本沒有什麼鮑伯叔公，那我就慘了，海爾也是，「其實他沒有墓穴啦，」我說，「他無所不在！他的骨灰就灑在，呃，灑在七葉樹底下，所以我只是有時候會過來……懷念他一下。」

　　馬丁·史東盯著我，額頭上冒出了深深的皺紋。他的一邊眉毛上有道疤痕，眉毛看起來就像被砍成兩截。我懷疑這是打鬥造成的，說不定是跟另一個歹徒打鬥。我忍不住發抖。

　　「真是太棒了。」馬丁·史東說，表情變成了溫和的微笑，「那妳就好好的懷念鮑伯叔公吧，再見了。」

　　他緩緩離開，壺裡的水濺了出來。等他走了一段距離之後，我開始在步道上狂奔、穿過小路回家。

CHAPTER 13

間諜裝備

　　我等不及告訴海爾我遇到馬丁‧史東的事了，但是我得先弄到他需要的東西。

　　媽還沒有回來，所以我可以隨意的拿家裡的東西。我在抽屜裡找到一個舊塑膠袋並抖開，法蘭基過來東嗅西嗅，我繼續在櫥櫃裡翻找。牠需要出去散步，但是我待會再帶牠出去。

　　我想了想海爾對「能量食物」的形容，這些要求聽起來很合理，可能是因為他受過間諜訓練。我決定帶：一包餅乾、一小盒葡萄乾、兩根香蕉、三條堅果棒和一顆柳橙。我切了幾片起司讓他可以放在餅乾上面，並用小塑膠盒裝起來。

　　我翻了廚房裡的抽屜，裡面有很多手機充電器、螺絲和黏黏的膠帶，都是我們沒在用的東西。我在裡面找到一支手電筒，試了之後發現它竟然可以用。抽屜裡還有一盒印著農場動物的撲克牌。我露出微笑，說不定海爾可以變更多魔術給我看。我把東西都放進塑膠袋。

　　我上樓走進媽的房間，發現她也整理過了。平常梳妝台上亂放的首飾和化妝品都不見了，床鋪好了，除了枕頭之外還整

齊的擺了幾個抱枕；平常堆在角落的衣服也收了起來，看起來乾淨、清新多了。

我發現一條綠色格紋毯被塞在媽的衣櫥底部，我盡可能的把它捲好、塞進袋子裡，放在食物、手電筒和撲克牌上面。我下樓出門，過馬路到馬修家。我猜馬修跟傑克還在商店街，所以我要問席拉和布萊恩能不能借我望遠鏡，但是開門的是馬修。

「你回來了！」我說，「商店街好玩嗎？」

「還可以啦。」馬修說。他一直用右手大拇指搓揉左手手背，彷彿要把某個看不見的東西弄掉，我猜這趟活動又讓他開始感到焦慮。不知道馬修是不是把傑克留在電動場，但是傑克突然出現在他後方。

「我可以跟你借望遠鏡嗎？」我說。馬修皺起眉頭。

「呃，可以呀，應該吧。妳怎麼會想借？」

我沒有事先準備好答案，也不知道海爾為什麼要借這個，但是我想應該跟監視有關，而且非常重要。

「是啊，梅樂蒂，」傑克說，「妳要望遠鏡做什麼？妳袋子裡裝的又是什麼？」

傑克想要看袋子裡的東西，但是我把袋子放到一邊，幸好他只看得到綠色格紋毯。

「我要……去野餐，」我說，「在墓園，而且我想在那裡賞鳥。」

我露出微笑，認為這些理由非常合理。

「野餐？在墓園？」傑克說，「怪咖。」

他用氣音悄悄的說，但我還是聽見了。

「我去拿。」馬修說完便轉身上樓。他家的貓奈吉在門邊蹓躂，走下門階來磨蹭我的腿。

「哈囉，奈吉。」我說，一邊摸牠厚厚的毛。奈吉發出呼嚕聲，很享受我對牠的關注。

「妳真的要在腐爛的屍體旁邊野餐喔？」傑克說，「妳不覺得這樣有夠奇怪嗎？」

我想起海爾，他夜宿在一間廢棄建築裡，而馬丁‧史東把槍夾帶在外套底下潛伏在附近，傑克根本不知道這有多令人興奮。但願我能告訴他，好讓他閉上嘴巴，但是我不能，我現在也是團隊的一員了，我必須忠誠。

「是啊，那又怎麼樣？」我說。傑克上下打量我，彷彿我是外星人。

「妳真的很怪耶。」他搖搖頭說。

馬修再度出現，手臂夾著望遠鏡。他遞了過來，我迅速拿走。

「謝啦，小馬。」我說，但是馬修正在看某個東西。一輛又大又黑的轎車在巷子裡繞，停在查爾斯先生家外面。

「看！」傑克說，「是那個女人！」

引擎熄火，查爾斯先生的女兒梅莉莎‧道森從車裡走了出來。她戴著深色的墨鏡，穿了一件白襯衫和長達腳踝的黑裙。去年夏天以後我們就再也沒見過她了，那時候她的兒子泰迪在栗樹巷走失了，而馬修解開了這個謎團。當時梅莉莎到外地工作，於是孩子就由查爾斯先生照顧。

「小孩也跟她一起來嗎？」我悄悄說。

梅莉莎打開後座的門，有個身穿海軍藍洋裝和白色運動鞋的小女孩跳到人行道上。

「是凱西。」馬修靜靜的說。凱西是泰迪的姊姊，是個很怪的小孩，總是瞇著眼看東西，也經常一副在思考等一下要做什麼邪惡壞事的樣子。梅莉莎彎腰到車裡解開安全帶，一個小男孩蹣跚的走了出來，他穿著時髦的褲子和黃色格紋襯衫，一隻手拿著大大的塑膠手機。他以前少少的金髮現在變得又濃又卷。

「還有泰迪，」我說，「他們都長得好大了！」

我很驚訝他們長得這麼大，但是我想十個月對小孩來說應該不算短。凱西轉身看我們，她的長髮往後綁成高高的馬尾，讓她的眼睛顯得更小了。

「那個小孩超詭異。」傑克說，一邊努力想看清楚。我終於有跟他抱持相同意見的時候了。

「歡迎！哈囉！哈囉！」查爾斯先生在家門口說，「好久不見！」他在走道上擁抱梅莉莎，她將臉頰轉向一邊。泰迪立刻跑進屋裡，凱西則是躲在梅莉莎的裙子後面。

「嗨，爸爸，」梅莉莎說，「真的很謝謝你，學校說沒問題，我跟他們說只有幾天而已。」

「隨時都歡迎，親愛的。」查爾斯先生說。他走到後車廂拿出兩個行李箱。他們全都走進屋裡，接著把門關上。

「不知道梅莉莎是不是又要出差了。」我說。

「天哪，妳好八卦喔，梅樂蒂，」傑克說，「妳總是在探

聽別人的事。」我怒瞪著他。

「哪有，我才沒有！」我說。

「妳有！妳總是說：『噢你們兩個要去哪裡？』妳什麼都想知道，」傑克說，「既累人又愛管閒事，不是嗎，馬修？」

我望向馬修，但是他沒有看我。

「別說了，傑克。」馬修說，但他的聲音好小，我不認為傑克有聽到。

我把望遠鏡放在袋子裡的毛毯上後便生氣的離開了，門也在我背後關上。

我走進小路，袋子在我的腿邊碰撞。至少海爾需要我，他不覺得我很八卦或很累人，我跟他是同一隊的！而且，我就快完成我的第一個任務了，現在唯一缺少的就是衣服。

我邊走邊往傑克家矮牆裡的院子望去，蘇是傑克的媽媽，她正在廚房講電話，同時拿出洗碗機裡的東西。他們家的露台上有個掛滿衣服的旋轉式晒衣架，我看見了傑克的灰色帽T，還有牛仔褲。海爾的年紀可能比較大，但是他很瘦，身高也跟傑克差不多，這些衣服簡直完美！

蘇背對著窗戶，接著離開廚房，再不行動就來不及了。我放下袋子，用手撐在矮牆上並翻了過去。我跑到晒衣架邊扯下衣服，晒衣夾發出了回彈的聲音，接著我把衣服夾在腋下，至少它們是乾的。我迅速爬過矮牆，將衣服塞進袋子裡，趕快繼續前進。

如果傑克和馬修想冷落我，我無所謂，他們儘管去吧！我怎麼會想跟他們當朋友呢？傑克這麼壞，馬修又太軟弱，根本

不會幫我說話。我想著海爾在瘟疫屋等我幫他帶食物和裝備的樣子，我可是有更重要的事情要做呢。

CHAPTER 14

祕密任務

　　海爾就等在瘟疫屋的前門裡面，他立刻就看見了我手上的這袋東西。

　　「太棒了！我想妳已經可以自稱是華里塔分部的一員了，梅樂蒂・柏德。」他說。

　　我邊笑邊跟著海爾走到後面的房間，他盤腿坐在毯子上，我跪下來拿出袋子裡的東西，並將食物放到他面前。

　　「太好了，我快餓死了！」他說。他用兩片餅乾夾著起司，碎屑掉在他的外套上，但是他看起來不太在意，沒有馬上拍乾淨。

　　「你絕對想不到我在回家路上遇到什麼事。」我說，「我遇到馬丁・史東！他還帶著一把槍！」海爾瞬間僵住，夾著起司的餅乾懸在半空中，他的右眼皮微微顫動。

　　「一……一把槍。」海爾說。我點點頭。

　　「妳沒有跟他說話吧？」他說。

　　「有！」我說，「在水龍頭旁邊。」

　　「真糟，」海爾說，「妳跟他說什麼？妳有提到我嗎？」

「當然沒有！」我說，「他說他在幫太太墳上的玫瑰花澆水，他說他每天都得過來，不然它們就會枯死。」

海爾摸摸額頭，看起來很擔憂，我擔心自己是不是做錯了什麼。

「至少你知道他每天都會來這裡澆水了，這是好事吧？」我說。

「妳不能相信他說的話，」海爾說，「那可能根本就不是他太太的墓！他是個罪犯，記得嗎？還有那把槍在哪裡，確切的位置？」

「在他外套底下的槍套裡。」

海爾看起來很困惑，「妳確定嗎？」他說，「妳百分之百確定那是一把槍？」

我想了一下。我真的有看到槍嗎？或者，我以為自己看見了槍？

「我……我想是吧，」我說，然後想起了上面凸出的灰色握柄，「對，那絕對是槍。」

海爾點點頭，「那事情發展比我預期得還快，」他說，「就要愈演愈烈了，從現在開始要高度警戒，梅樂蒂‧柏德，別再接近他了。我不認為妳有危險，但是我的確需要非常非常的小心。」

我點點頭，海爾繼續吃起司和餅乾。

「你的團隊有消息了嗎？」我說。

「沒有，但是技術人員已經在處理了，我很肯定。」海爾說，「每一樣東西妳都拿到了嗎？」

「有！」我說，並把東西都拿出來，「有衣服、手電筒和望遠鏡，都是你要的。」

海爾露出微笑，「謝謝妳，梅樂蒂·柏德。」他說。他看到傑克的帽T底下有一副撲克牌，於是拿了起來。

「噢，對了，我想你可能會想在空閒的時候變一些魔術，所以就把這個帶來了。」我說，「監視時應該會有很多時間沒有事情可做吧？」海爾吃完餅乾後把撲克牌倒在手上，開始飛快洗牌，讓它們從一隻手落到另一隻手，簡直不可思議。

「那我們現在就來玩一個，如何？」海爾說，「這個魔術叫做『彈指之間』。」他拿出紅心A，「這很容易理解，因為我一彈手指，這張牌就會發生神奇的變化，就像……這樣。」

他彈了另一隻手的手指，手上的牌立刻變成梅花七。

我倒抽一口氣。

「哇！你是怎麼做的？」我說。

海爾再度洗牌。

「專業的魔術師恐怕不會把手法告訴妳喔，」他說，「否則就不叫魔術了，對吧？」

海爾說得對，誰會想要知道魔術是怎麼變的呢？那只會把魔術給毀了。接著他又變了三次，我還是不知道他是怎麼做到的，太神奇了！海爾把牌放下，拿起了傑克的帽T。

「太完美了。」他說。他脫下紅色針織外套並穿上帽T，瞬間變成了一個鎮上隨處可見的路人。

「這是傑克的，」我說，「我從晒衣架上拿的，其實算是偷的，我是不在意啦。」

「啊，那位惡名昭彰的傑克。」海爾說，又開始洗牌，「那馬修還好嗎？」

我聳聳肩，「還好吧，我猜。」我說，「傑克現在就在馬修家，我說過，他們很常混在一起。」

海爾點點頭，並把撲克牌收進盒子，「那妳呢？妳都跟誰混在一起？」

我吞了吞口水，看著海爾的灰色毯子，毯子邊緣縫著細細的黃色緞帶，看起來就像小時候用的那種毯子。

「我其實沒有跟誰混在一起，不過那樣也好，我喜歡自己一個人。」我站了起來。

「妳覺得寂寞嗎，梅樂蒂・柏德？」海爾說，「就像查爾斯先生那樣？」

「什麼？不！」我說，「當然不會！」我對他微笑，但是這個微笑卻讓我的臉有點不舒服。海爾仔細的看著我。

「總之，我該走了。」我說，「我得帶法蘭基去走走。」

海爾看著我並皺起眉頭。

「妳明天可以過來嗎？」海爾說，「我想……我想我可能需要妳的幫忙。有個任務，當然是祕密任務。」

我的心跳漏了一拍，「任務？真的？」我說。

海爾露出微笑，「是啊，如果妳覺得自己能勝任的話。」

我也對他微笑。不管那是什麼，我都可以勝任，「那當然，聽起來很棒。」我說，「明天見啦！」

CHAPTER 15

遺留在墓碑上的謎語

　　隔天是星期天。每個星期天，我跟媽都會一起帶法蘭基去散步。我們會從商店街開始，媽會在那裡買報紙和咖啡，接著我們會在回家前到鎮上的公園繞繞。這對法蘭基來說是很長的路程，如果牠走累的話，有時候我們也會在回家路上輪流抱牠。

　　但是，媽說這個星期天她有更重要的事情要做，例如清理儲藏室。

　　「我很抱歉，梅樂蒂，妳可以自己帶法蘭基出去嗎？」媽在吃早餐時說，「這個週末我有好多事情要做，仲介在下週安排了更多的客人，這一切都好快啊！」

　　她似乎很開心，但是我並不開心。

　　「何必這麼麻煩呢？」我說，「我說過了，我不會搬家。」

　　媽嘆了口氣，「梅樂蒂，」她說，「沒有必要這樣。」

　　「怎樣？」我說，並放下烤麵包，「妳說謊，媽，妳要把房子賣了，而且妳說謊！」

　　「我沒有說謊！我只是沒有機會提前告訴妳！」媽大聲

說。

　　我吸了一口長長的氣，「妳擅自做決定，妳去找房仲，妳在為賣房子做準備，妳說謊！」我說，「妳跟爸都一樣。」

　　當這句話脫口而出的時候，我看見媽瑟縮了一下，我差點就對此感到後悔了。拿她跟爸比是殘忍了點，但是說謊的可不是我。

　　「這是我的家，媽，我的家！」我說，「我要留在這裡。」

　　媽的呼吸急促，不過她看起來不再生氣了，而是難過。我們互看了幾秒後，我站起來離開餐廳。我扣好法蘭基的牽繩，接著摔門出去，連玻璃都在震動。

　　不跟媽一起散步正好，我可以直接去瘟疫屋，弄清楚海爾要給我的任務究竟是什麼。太讓人興奮了！

　　我跟法蘭基沿著往常的路徑在墓園裡繞，同時我也留意馬丁·史東的蹤跡，但是沒有看見他。我們穿過雜草抵達瘟疫屋，海爾正在等我們，他看起來心情很好。

　　「妳來了！」他說，「而且還帶了這隻毛茸茸的臘腸！」

　　我咯咯笑，法蘭基蹦蹦跳跳的朝海爾跑去，小屁股在牠搖尾巴時從左邊甩到了右邊。海爾蹲下來搔搔牠的耳朵後面。

　　「哈囉，小子，」他說，「你好可愛喔，對不對？」

　　我們走到後面的房間，法蘭基立刻倒在海爾的毯子上打盹。

　　「任務呢？」我說，「我整個早上都在想會是什麼！」

　　海爾笑著走向他的背包，拉開前方口袋的拉鍊，拿出一張摺起來的紙條並交給我。

「案情有重大進展，」海爾說，「我在這裡的努力總算開始有收穫了。我認為這個東西可以讓我們找到翠鳥項鏈。」他打開紙條，「我攔截到一個訊息，幾乎可以肯定就是馬丁‧史東為了跟同夥聯絡所留下的。」

海爾把紙條交給我。上面是手寫的字跡，彎彎的，很整齊。我大聲唸出來：

好好使用我，我就是某個人；
把我轉過去，我便誰都不是。

我望向海爾。

「你在哪裡找到的？」我說。

海爾正往窗外看，「就在馬丁‧史東造訪的墓穴上，一定是要留給某個人看的。」

我又讀了一次，「你覺得這是什麼意思呢？」我說。

「我不知道，通常我會把它回傳給團隊，讓他們解決，但是現在沒辦法了。」海爾說，並舉起戴著故障手錶的手腕，「我在想，也許妳會有興趣接下這個任務，梅樂蒂‧柏德。」

「真的嗎？」我說，並且因為興奮而雀躍了起來。

「真的！」海爾說。

他看起來非常認真。這簡直棒呆了！我最喜歡思索問題了！

「那妳覺得呢？」海爾說，「有什麼想法嗎？」

我又看了一下紙條，試著讓自己看起來專業一點。「嗯，這好像是個謎語。」我說。

「我同意。」海爾說。

我皺起眉頭認真思考。

「好好使用我……我們會好好使用什麼東西啊？」我說。

「它指的是刀還是什麼危險物品嗎？好好使用才不會傷到自己？」

海爾只是聳聳肩。我得解開這個謎語，這樣他就會很高興找我加入團隊，我真的很希望能讓他留下好印象。

「你知道英文的『謎語』（Riddle），是從『閱讀』（Read）這個字衍生而來的嗎？」我說，「謎語就是幾千年前所留下來的文字。」

海爾笑了。「我不知道，」他說，「不過我喜歡這種有趣的故事。」

「我也是！」我笑著說。

「我知道一件事情很適合在墓園說，」海爾說，「妳知道喬治時代的人會重複使用棺材嗎？」

「真的嗎？」我說，背脊一陣發涼。

海爾點點頭，「他們會等屍體腐爛後挖出棺材，倒出裡面的骨頭，再拿去販賣。」

「好恐怖喔，」我說，「你打算怎麼處理這張紙條呢？會不會有人在找它啊？」

海爾點點頭，「沒錯，我得把它放回墓穴，這樣才不會有人發現它不見了。馬丁‧史東通常都在下午過來。妳要不要把

謎語抄下來？」

　　我又看了一次紙條，然後還給他，「我記得住，」我說，「只是需要時間想一想。」

　　「太好了，」海爾說，「我就知道可以找妳幫忙。」

　　「我該帶法蘭基回家了，但是明天放學後我會過來，」我說，「也會幫你帶一點食物。」

　　「謝謝妳，梅樂蒂‧柏德。」海爾面帶微笑著說，「妳最好了。」

+ + +

　　幾乎整個下午我都待在房間裡，媽提議我們一起看個電影，但是我說我不想看。我說不的時候，她看起來很傷心，我差點就為她難過了起來，但我又想起車道上晃動的出售看板。

　　那天晚上，謎語在我腦中不斷打轉。

　　好好使用我，我就是某個人；
　　把我轉過去，我便誰都不是。

　　你怎麼會是某個人，又誰都不是呢？這根本說不通。

　　當我閉上眼睛，眼前都是海爾獨自一人在黑黑冷冷又恐怖的瘟疫屋裡。他有及時把紙條放回去嗎？我想像馬丁‧史東把槍藏在外套裡並且走過去的樣子，要是他發現海爾怎麼辦？我得解開這個謎語，但是感覺我做不到。

　　床邊桌上的時鐘顯示現在是凌晨 2:00，我決定下樓喝杯

水。但是當我踏到最後一階時，我停了下來。

我從大門上的毛玻璃看見有東西在巷子裡移動，我走到客廳，從窗簾縫隙偷看。有個人站在小路盡頭的陰暗處，他躲得很好，但是我還是可以看見他拿著望遠鏡。他慢慢的上上下下觀察這條巷子、檢視每一間房子：首先是傑克家，再來是詹金斯家，然後馬修家、查爾斯先生家。接著他放下望遠鏡，我看見了他的臉。

是海爾。他穿著傑克的帽 T 和牛仔褲，脖子上掛著馬修的望遠鏡。他拿起望遠鏡對準 1 號 —— 那是空房，接著再慢慢轉向我家。我急忙躲開，等了幾秒後再往外看。海爾繼續觀察，正在看牧師宅的窗戶。他對準牧師宅看了好久，不知道在看什麼，是老妮娜點在窗邊的燈，還是窗戶下面遮住老地窖的灌木叢呢？他放下望遠鏡，環視巷子最後一次，接著走回黑暗之中。

看來他在尋找東西……還是在找人？也許是犯罪主謀馬丁·史東？也許這個危險的罪犯就藏匿在巷子裡！

「你在做什麼呢？海爾。」我悄悄說。

我走到廚房倒水，法蘭基從冰箱旁邊的小床上抬起頭，接著又放下。就在我經過餐廳的時候，有個東西吸引了我的目光，是鏡子反射的一抹光線，那天我才幫媽把這面鏡子掛起來。我望著它，腦中出現海爾的謎語。

好好使用我，我就是某個人；
把我轉過去，我便誰都不是。

答案是「鏡子」！知道答案以後才發現原來這麼簡單。我上樓睡覺，鑽進被子時露出了笑容，我解開謎語了，我完成任務了！

CHAPTER 16

糟糕的體育課

我等不及告訴海爾我已經把謎語解開了 —— 但是我得先去上學。

當我有其他事情想做的時候，上學的時光就會過得好慢，一向都是如此。早上我有英文課、自然科學和法語課，馬修也跟我上同樣的課，我們互相打了招呼，但我倒是沒有刻意找他講話。我為什麼要呢？他顯然比較喜歡跟傑克在一起。況且，我有很多事情要思考。鏡子代表什麼呢？這跟神祕的失竊項鍊又有什麼關係呢？

既然馬修都跟傑克在一起，午餐時我也就沒有其他朋友可以一起吃午餐。我在學校餐廳的一角吃三明治，接著到圖書館寫作業。半小時後，下一堂課的鈴聲響起，是體育課。我走出圖書館，傑克和馬修正在走廊上等我。

「梅樂蒂！妳有多的運動鞋嗎？或短褲？或上衣？」傑克說。

「沒有，」我說，「怎麼了？發生什麼事？」

「傑克又忘記帶體育課的東西了。」馬修說。

這下慘了，今天詹金斯先生要帶我們打棒球。如果是其他老師的話，傑克可能只會被扣分，但是沒有人知道詹金斯先生會怎麼做。

　　「要問問別人嗎？」我說。

　　「我已經問過每一個人了！」傑克說。他看起來心情很差，我忍不住為他感到難過。

　　「還是請你媽或你爸幫忙送過來？」馬修說，「我們現在就去辦公室打電話。」

　　「我媽在上班，我爸又住太遠，沒辦法馬上趕到。」傑克說，「算了，要上課了，來不及了，我死定了。」

　　「就誠實告訴詹金斯先生你很抱歉，只是不小心忘記了，」我說，「跟他說你不是在找藉口不上課，你很期待打棒球，就算穿制服也想跟大家一起玩。」

　　傑克想了想，臉色好看了一點。

　　「嗯……也許吧。如果我還是想一起打球的話，他應該沒道理生氣吧？他會了解我不是故意不上課的。」

　　「是啊。」我說。

　　傑克看起來又開心了一點，他跟馬修走向體育館，我跟在他們後面。

　　當我走進更衣室時，看見角落有個空位，旁邊是凱莉和莫妮克。我很快的換上體育服並低著頭，周圍的人都在邊笑邊聊社群媒體上的事情，但是我都不知道她們在講什麼。我坐下來綁鞋帶，凱莉把頭髮梳成馬尾，莫妮克則是用手機當鏡子塗脣蜜 —— 雖然上課時不能拿出手機。她透過螢幕看了我一眼，

我對她微笑，她也對我微笑，但是沒有說話。

跟我同年級的女生都沒有欺負過我，但是我想這是因為我在她們眼裡就像一個透明人吧，有時候我甚至覺得她們可以「看穿」我，她們對我一點興趣也沒有。我覺得沒什麼，因為我並不想進入她們的「閨蜜世界」。我有法蘭基跟墓園，還有海爾，以及我專屬的間諜任務。

我把制服塞進包包，確認東西都收好之後將它掛在掛鉤上，接著走去操場。詹金斯先生正在用塑膠錐標記棒球比賽要用的範圍；幾個男生也從他們的更衣室裡走了出來。我看見馬修，但是卻沒見到傑克，我便走過去。

「怎麼啦。」我說，「詹金斯先生有放過他嗎？」

馬修臉色蒼白，「沒有，他說傑克一定得打球，要他想辦法找衣服來穿。」

我的胃替傑克翻攪了一陣子。

「該不會要去翻失物招領箱吧？」我說。更衣室外面的走廊上有個亮藍色的箱子，滿滿一箱都是沾滿泥巴的襪子、扯破的橄欖球衣，還有不成對的運動鞋，經過時就會聞到箱子裡散發出的霉味，從那裡拿出來的東西一定很噁心。

「比那個更糟，」馬修說，「詹金斯先生說失物招領箱的東西都不適合，所以他去……話劇社……拿了一箱東西。」

「話劇社？」我說，「但……這代表他得穿……」我停了下來，大家嘰嘰喳喳的聲音瞬間停止，男生更衣室的門緩緩打開，傑克出現了，在大太陽下瞇著眼睛。大家都倒抽了一口氣。

「噢，不。」我說。

傑克穿著灰色緊身褲，身上套著一個塗成銀色的紙箱。他的手臂以怪異的角度伸出來，那是去年冬天學校演出《綠野仙蹤》的錫樵夫服裝。

「他為什麼要穿成那樣？」萊拉說。

「嘿！傑克！」約瑟夫大喊，「黃磚道在那邊！」

我跟馬修趕緊跑向傑克。

「如果不穿這件，就得穿桃樂絲的衣服。」傑克說，並露出一種強忍著不哭的僵硬表情。儘管傑克對我很糟，但是看見他被羞辱還是讓人很不好受。

「別讓他打倒你，」我堅定的說，「把頭抬高，假裝你一點也不在意，可以嗎？」

「梅樂蒂說得對，」馬修說，「我們站在你這邊。」

傑克點點頭，露出笑容面對其他人，「誰有油罐啊？」他大吼。

班上有人在偷笑，但是詹金斯先生一來，他們就停止了，詹金斯先生用球棒在手心上敲啊敲。

「慢慢來，傑克，」詹金斯先生說，「也許下次你就會好好考慮是不是要『忘記帶』了。好，大家分組，來打球吧。」

✝ ✝ ✝

穿著大紙箱的傑克沒辦法跑得很快，大家都在笑他，但是往好處想，傑克很快就出局了，所以在這種大熱天下，他可以坐在旁邊休息。輪到傑克那組上場的時候，他就待在場地的另一端，很少有球會飛過去。我每次看向傑克的時候，都感覺他

的眼神呆滯，好像身體在這裡，但是心思已經飄去其他地方了，飄到一個沒有老師會羞辱他的地方。

體育課是最後一堂課，我趕緊去換衣服，跟上一起回家的馬修和傑克。傑克牽著腳踏車走在馬修旁邊，兩個人都沒有說話。

「你還好嗎？」我對傑克說。

傑克聳聳肩，低頭看著地上。

「我覺得你今天下午很棒喔。」我說。馬修的表情也沒有剛剛那麼沉重了。

「是啊，妳倒是很冷靜。詹金斯先生肯定很生氣。」傑克說。

「那當然，他大概氣瘋了吧。」我說。

「他不能這麼肆無忌憚。」傑克小聲的說。

馬修看著我，表情很擔憂，「算了啦，傑克，對抗詹金斯先生你是贏不了的。」

傑克搖搖頭，他的眼睛紅紅的，鼻尖也是，「總有一天，我會把這筆帳討回來。」他說。

他用袖子擦擦臉，跳上腳踏車騎走了。

我們目送傑克離開。詹金斯先生一直在為難他，我們都知道，我想連其他老師都知道，但是傑克一向被認為是個問題人物，所以他們都睜一隻眼閉一隻眼。我想其他老師也有點怕詹金斯先生，我從來沒有見過任何人站出來對抗他，除了錢伯斯太太，她是我們六年級的導師。事情是這樣的……

這一區的高中，每年都會幫附近的國中與小學舉辦幾次運動賽事，他們有很棒的運動設施，高中生也會幫忙中小學安排比賽。有一年春天要舉辦籃球錦標賽，那時候我們還在上小學，六年級生受邀參加，我們的老師錢伯斯太太便徵求志願者，總共選了十個人，包含我跟傑克。馬修沒有舉手，我想他應該很高興可以待在教室。

　　就在我們要離開的時候，我們十個人穿著運動服在校門口等待，錢伯斯太太拿著傑克的黃色醫藥包從辦公室走過來，那裡面有緊急用品，以免傑克不小心接觸到會讓他過敏的東西，例如花生或蝦子。

　　「好，請大家排成兩排。」錢伯斯太太說，並走到隊伍前面，「傑克，如果你感覺太熱、皮膚開始過敏的話，就要通知我，知道嗎？」傑克對她點點頭。

　　「好，松鼠隊！我們去得分吧！」錢伯斯太太把傑克的醫藥包當成啦啦隊的彩球揮舞著，我們也跟著高呼。我們都很喜歡錢伯斯太太，她總是心情很好，也讓課堂充滿樂趣，即使她幫我們取的隊名很可笑。

　　走到高中要花二十分鐘，而且最後十分鐘的路程是陡坡，錢伯斯太太有點胖，所以有點吃不消。

　　「繼續走，然後在……門口……等我……」她說，我們紛紛超越她。她暫時停下腳步，手撐在大腿上喘氣。

　　「如果她不快一點的話，我們就會錯過第一場比賽。」湯姆說，他很期待高中午後的體育活動。我們看著錢伯斯太太一步又一步走上坡，往我們走過來。她的臉很紅，手臂底下的衣

服有兩條被汗水浸溼的痕跡。

「老天，爬坡真的累死我了。」錢伯斯太太抵達時說，「好，去打球吧！」

戰況一如往常，每次我們參加這種活動，打到最後一場比賽時都是最後一名，我們並不是很擅長體育的班級。我們滿頭大汗，在體育館的一角頹喪的坐著，待會還有最後一場比賽。

「你們都很棒呢！」錢伯斯太太說。

「我們墊底耶。」湯姆說。

「還是很棒啊！最重要的是參與！」

那時候我們並不認識詹金斯先生，他只是主辦這次活動的老師，不過我們很快就發現他很強硬，完全不容許發生他不認同的事情。詹金斯先生朝我們走過來，一邊翻閱著手上的黑色板夾。

「松鼠隊，你們是最後一名。」詹金斯先生說，並用手臂夾著黑色板夾、蹲在我們前面，「你們打算怎麼做？」

我們望著詹金斯先生，而錢伯斯太太笑了起來。

「詹金斯先生，他們要做的就是參與最後一場比賽啊，不是嗎，松鼠隊？」她說。

我們眨眨眼抬頭看她，再看看詹金斯先生，他的嘴脣似乎微微噘起。

「總之，你們接下來要對抗的是龍隊，」詹金斯先生無視錢伯斯太太說的話，接著說，「眼睛放亮一點、努力一點。」他站起來，吹響從口袋裡拿出的銀色哨子，把我們跟錢伯斯太太都嚇了一跳。

我們慢慢站起來。

錢伯斯太太選了五個人上場，我們無精打采的走到場中央。

詹金斯先生擔任裁判，只要有人犯規他就會用哨子發出尖銳的聲音，嗶——！並指著他們。他對傑克特別嚴格，我看得出來傑克十分痛苦。湯姆設法投進了兩球，但是終場哨音響起，我們以 34：4 落敗。另一隊開始歡呼，其中一個球員把球高高拋向空中慶祝。詹金斯先生過去拍拍他們每個人的背，而錢伯斯太太到場上接住落下的那顆球，把大家都嚇了一跳。

「太好了，松鼠隊！太好了！」她說，「你們卯足了全力！」

詹金斯先生笑了出來。

「我可不認為現在是祝賀的時候，錢伯斯太太，妳的隊伍每一場比賽都輸，妳真的認為他們應該被稱讚嗎？」

錢伯斯太太用手夾著籃球，往詹金斯先生跨了一步，他則是稍微往後退。

「我不同意你的看法，詹金斯先生。」錢伯斯太太說，「我認為松鼠隊的大家今天都做得很好，他們沒有放棄、他們展現了韌性。有時候，輸了反而是人生中很好的學習，不是嗎？」

詹金斯先生忍不住偷笑，「這我可不確定。」他說。

「喔？你做什麼都會贏嗎，詹金斯先生？」錢伯斯太太說，「你從來都沒有輸過嗎？」

詹金斯先生皺起眉頭，彷彿在思考，接著聳聳肩。

「沒有，有些人天生就是贏家吧，我想。」詹金斯先生說。

他上下打量錢伯斯太太，錢伯斯太太也回瞪著他。體育館安靜了下來，因為其他隊伍跟老師都發現情況有點不對勁。錢伯斯太太對詹金斯先生點了點頭之後開始運球。

一下。

兩下。

三下。

「噢不，她該不會……她會嗎？」傑克低聲說。

詹金斯先生看著她運球，似乎認為這很好笑。

「也許你不太相信，詹金斯先生，但是我以前在籃球場上可是很厲害的。」錢伯斯太太說。

詹金斯先生大笑。

「這的確是很難相信啊。」詹金斯先生說，同時把手環抱在胸前，歪著頭看她

錢伯斯太太又開始運球。

四下。

五下。

六下。

聲音在體育館裡迴盪。

「我們來投幾球如何？就我們兩個。」錢伯斯太太說。

詹金斯先生皺眉。

「妳說什麼？」他難以置信的說。

「五戰三勝如何？」錢伯斯太太說，「來吧，有興趣嗎？」

詹金斯先生看著她，錢伯斯太太也開始繞著他轉。他們看起來就像兩個牛仔，在看誰先拔槍。

「我不想讓妳難堪。」詹金斯先生小聲說。

錢伯斯太太連眼睛都沒眨一下。

「我想我承受得了。」錢伯斯太太說。我們班的人開始高聲喝采，詹金斯先生快速的瞥了我們一眼。

「好吧，如果妳堅持的話。就五戰三勝。」他說。

體育館裡的人都聚集到籃框附近，圍了一個大大的半圓。比賽開始，詹金斯先生讓錢伯斯太太先投球。

「加油，錢伯斯太太，妳可以的！」傑克說。錢伯斯太太對他微笑後便走向罰球線。她專注時會微微吐舌，接著她把球投了出去。這球力道太弱，連靠近籃框都稱不上。松鼠隊發出一陣慘叫。

「**這球沒進！**」詹金斯先生大喊。錢伯斯太太轉向我們，送給我們一個大大的微笑。

接著輪到詹金斯先生，他走向罰球線，毫不猶豫的出手，直接進球。

「**一比零。**」他呼喊。現場出現零星的掌聲。

「加油，錢伯斯太太！」我們隊的薩米拉說，「妳可以的！」

我們的老師對她點點頭，接著就定位。這次她更用力的把球丟出去，球打到籃板、敲到籃框後飛了出去。

「噢，差一點！」傑克說。

錢伯斯太太和詹金斯先生再度交換位置，詹金斯先生投球後得分。

「**二比零！**錢伯斯太太，換妳。」

她走到罰球線前開始運球。體育館充滿了大家興奮的交談聲，傑克開始拍手。

「**空心球！空心球！空心球！**」傑克高呼，同時大力拍手。

松鼠隊的其他人都開始跟著他喊，沒多久整個體育館都在呼喊。詹金斯先生環顧四周，表情就像險惡的烏雲，雷聲馬上就會出現。

錢伯斯太太走到罰球線前準備投籃，大家都安靜了下來。她將球投出去時，每個人都靜默了。球在空中晃動，直接掉進籃框。

大家瞬間爆出掌聲與歡呼，並用力踩腳，聲音震耳欲聾，彷彿錢伯斯太太贏得了奧運金牌。

「**二比一。**」詹金斯先生在歡呼聲中吼著。他走向罰球線，非常用力的拍幾下球，並等大家安靜下來。

「如果我投進這球，遊戲恐怕就得結束了。」詹金斯先生大聲宣告。他面向前方，準備投球。大家一同吸氣，屏息以待。他拍了一下、兩下，然後跳起來投籃。球飛向空中後直接穿過籃框，幾乎沒有擦到邊緣。

他贏了。

「**太好了！進球！**」詹金斯先生說，並在空中揮了三拳，接著對人群展開雙手。

但是大家都很沉默，沒有歡呼、沒有掌聲，也沒有踏地板的聲音，什麼都沒有。詹金斯先生不敢置信的看著大家，視線停留在傑克身上，這個皮膚紅紅的溼疹小男孩，也就是帶頭喊

口號的人。

　　錢伯斯太太轉向我們，露出笑容。

　　「走吧，松鼠隊，」她說，「該回家嘍。」

CHAPTER 17

罪犯留下的訊息

　　放學後我直接去瘟疫屋，我已經等不及要告訴海爾我把謎語解開了，還要跟他討論這個答案對案情的意義。

　　但是海爾不在。鵝卵石還留在窗台上，他的東西也還放在房間角落，但是卻不見海爾的蹤跡。

　　我往海爾的東西走過去，空空的塑膠盒和包裝紙整齊的放在昨天我帶來的塑膠袋裡；他的包包是打開的，我張望了一下四周，接著往包包裡面看。

　　海爾的紅色羊毛針織外套摺好放在最上面，我伸手把它推到一邊。我看見一個白色信封、幾枝鉛筆、一本記事本，跟那個壞掉的通訊裝置。

　　我捏著錶帶小心的將它拉出來，螢幕一片空白，中間有一道細細的裂縫。在我眼裡，它就是一隻舊式的電子錶 —— 但也許這是刻意的。我猜如果它看起來太華麗或昂貴的話，就會引人注意。

　　我輕敲錶面，並輕輕按了側面的幾個按鈕，但是什麼反應也沒有，它完全壞了。就在我把手錶翻過來，想查看背面時，

海爾走了進來。

「妳在做什麼？」海爾說。他急忙過來拉上背包的拉鍊，接著看見我還拿著他的手錶。

「妳不能碰它。」海爾說。我遞給他，他一把搶去。

「抱歉，我只是想試試看能不能讓它恢復正常。」我說，「需要我把它拿去商店街的鐘錶店嗎？也許他們幫得上忙。」

海爾戴起手錶，「不用，」他堅定的說，「我不會讓這隻錶離開我。」

「好吧，」我說，「只是個提議。嘿，你猜發生了什麼事？我解開謎語了！」

「真的嗎？」海爾說，臉龐亮了起來。

「是啊，答案是『鏡子』！如果你好好使用，你就能看到自己，但是如果你把它轉過去，就看不到自己了，你誰也不是！」

海爾露出微笑並搖搖頭，「鏡子啊，我絕對想不出來，太棒了。幹得好，梅樂蒂・柏德！」

我放鬆了一點。海爾說得對，我不應該偷看他的東西，我們現在是同一隊的。

「你覺得鏡子是什麼意思呢？」我說，「它跟這件案子有什麼關係呢？」

海爾咬了咬下脣。

「我還不知道，」海爾說，「但這好像只是個開始，我剛才在墓穴找到了這個。」

海爾從傑克的帽 T 口袋裡拿出一張方形的紙條，看起來

跟第一張一模一樣。

「另一個謎語！」我說。海爾遞給我，我打開後開始讀。

> 當你需要我，你將我拋開；
> 當你不需要我，你將我收回。

我皺起鼻子，這題好難。

「你怎麼會把需要的東西拋開呢？沒道理啊。」我說。

「我知道，這些傢伙非常聰明啊。」海爾說，「而且動作很快，他們還趁我不注意的時候拿走了之前那張紙條。不過這不重要，我們的目標是史東和項鍊的下落，不是他們。」

我很認真的思考這個謎語，我想像自己在用某個東西的時候將它拋了出去，是迴力鏢嗎？不，它跟第二句所說的不一樣。

「真洩氣，」我說，「馬修大概幾秒鐘就可以想出來了。」

海爾露出驚慌的樣子，「不，妳不能告訴馬修！」他說。

「我不會的，」我請海爾放心，「我只是想說馬修的頭腦很好，可以很快就解開謎團，如此而已。」

我繼續看那張紙條。

「我不太了解這些訊息，」我說，「他們為什麼不跟對方寫暗號呢？為什麼他們不傳訊息、不打電話或寄電子郵件呢？」

罪犯留下的訊息

海爾露出微笑，「妳知道有一句話叫做『遠在天邊，近在眼前』嗎？或『最危險的地方就是最安全的地方』？有時候大家反而會忽略最簡單的東西，電話或簡訊從很遠的地方就可以追蹤到。」

我想起剛遇見海爾的時候，還認為他看起來一點都不像間諜，他說這是刻意安排的，他是最不會引起懷疑的人。

「這跟魔術的唬人手法有點像，」海爾說，「妳知道，當妳覺得魔術師會失敗、不可能知道妳藏的牌放在哪裡的時候，他們就會突然翻出一張妳沒在注意的牌，而且還是妳剛剛藏的那張，這就是神奇的瞬間，完全超乎妳的預料。」

「有道理喔。」我說。

「調查進行得很順利，梅樂蒂‧柏德，」海爾說，「目前馬丁‧史東還不知道我們發現了這些訊息，我們領先一步。」他坐在窗邊，往外望著墓地，「我非常確定這些訊息都是要留給某個不知名的共犯，要告訴他們翠鳥項鍊藏在哪裡。如果我們可以拼湊起來、找到藏匿地點，就可以開始行動。」

這聽起來好令人興奮，「我是不是該把紙條放回去了？」我說，「以免共犯出現？」

海爾站了起來，「不，太危險了，」他說，「為了幫我，妳已經冒夠多的險了，我會把它放回去。」

「等等，我要拍張照。」我說。我拿出手機迅速拍了照片，再把紙條交給海爾。他睜大眼睛看著我。

我也看著他，「怎麼了？」我說，「我做錯什麼了嗎？」

海爾馬上搖搖頭。

「沒有，沒事。」他說。

「等一下我會跟法蘭基一起過來，再幫你帶點吃的。」我說。

海爾對我微笑，「謝了，梅樂蒂‧柏德，妳真好。」他說。

我也對他微笑，有隊友的感覺真好。

✝ ✝ ✝

我在回家的路上思考這個謎語。

當你需要我，你將我拋開；
當你不需要我，你將我收回。

我走出小路，回到巷子裡，「什麼意思呢？」我喃喃自語。

「哈囉，梅樂蒂！」是馬修的爸爸布萊恩。他站在他家的車道上，手肘撐在車頂，他家的門開著。

「嗨，布萊恩。」我說，並走了過去。

「我在等馬修，總是這樣。」布萊恩說。馬修跟羅德醫生約診的時間到了，是每個星期一。她的治療所就在商店街上。

「妳跟妳媽要搬家了，我們都覺得很遺憾。」布萊恩說，一邊朝著那個「出售」看板點頭。

「我們現在不搬了，」我說，「我媽會把那個看板撤掉。」

布萊恩緩緩點頭，「這樣啊，」他溫和的說，「妳好一陣子沒有過來了，」他接著說，「妳跟馬修還好吧？」

我想說其實我們不好，因為馬修現在顯然比較喜歡跟傑克

在一起，讓我很傷心，但是我沒有這麼說。

「一切都很好。」我說。

布萊恩看看手錶，接著對敞開的大門吼道：「**快點啊，馬修！**」他回頭看我，「我晚點還要參加益智問答比賽，我可不想遲到。」

布萊恩是酒吧益智問答比賽裡「布萊恩隊」的隊長，他們會到各個酒吧比賽。

我突然有了一個想法。

「你對謎語熟悉嗎，布萊恩？」我說。他感到有點興趣。

「謎語不是我的強項，」他說，「但試試看吧！我總是很樂意嘗試。」他摩拳擦掌。

「好，題目是，」我說，並清清喉嚨，「當你需要我，你將我拋開；當你不需要我，你將我收回。」

布萊恩的額頭出現了深深的皺紋，他閉上眼睛，看起來好像進入了某種出神的狀態，這應該就是他沉思的表情吧。有幾次他張開了嘴，好像要說些什麼，但是又閉起嘴巴搖了搖頭，這題似乎也難倒他了。這時馬修走了出來，用力關上門。

「終於！」布萊恩說，一邊打開駕駛座的門，「來吧，兒子，我們快遲到了。」

布萊恩坐進車裡，馬修走到副駕駛座旁，看起來憂心忡忡的。

「嗨，馬修，你還好嗎？」我說。馬修緩緩點了點頭。

「羅德醫生這星期準備讓我做更多的實際練習。」他說。

我知道他的意思。馬修曾經說過，羅德醫生會拿一些他害

怕的東西，例如垃圾桶的蓋子或他的鞋底，要馬修盡可能勇敢的觸碰這些東西，而且不能馬上洗手，這叫做「暴露與反應療法」。馬修看起來怕得全身僵硬。

馬修用襯衫袖子包著手、打開車門，就算他最近不太理我，看到馬修這樣還是讓我很心疼，他簡直怕死了。

「你不會有事的，馬修，」我說，「你很棒，你已經走這麼遠了！」

馬修露出有氣無力的微笑，接著上車關門。布萊恩開始把車倒出車道，我也沿著人行道走回家。然而布萊恩卻在我旁邊停下來，並搖下車窗。

「梅樂蒂！我想到了！」他說，「妳的謎語，答案是『船錨』！」

布萊恩露出開心的笑容，接著開車離去。

是「船錨」！對耶！當你要用「船錨」的時候，就必須把它拋到船外；當你不需要用它的時候，就把它收回船上。好聰明的謎語啊！我等不及要告訴海爾了。

CHAPTER 18

即將曝光的藏匿地點

　　我回到家時發現媽坐在廚房的桌子前用筆記型電腦，螢幕上是房屋仲介的網站。

　　「哈囉，親愛的，妳今天比較晚回來喔，都還好嗎？」她問。

　　「嗯，我有事情。」我說。我知道她在等我告訴她是什麼事，但是我沒有開口。

　　「要不要在晚餐前來看看網路上有哪些房子啊？」她說，「我看到幾個很不錯的地方喔！」

　　「我不要搬家，媽，妳不能強迫我。」我說。

　　我決定幫海爾做三明治，所以從冰箱拿出火腿。他吃素嗎？也許喔。我把火腿放回去，改拿起司。

　　「拜託妳別這樣，梅樂蒂，」媽說，「我只是希望我們可以開開心心的……」

　　門鈴響了，法蘭基小跑到玄關，一邊搖尾巴。媽嘆了口長長的氣後走去開門。

　　我往玄關望去，是查爾斯先生帶著凱西和泰迪，凱西手裡

拿著幾張紙。

「克勞蒂亞！」查爾斯先生說，「妳要搬家真讓人不捨，妳應該不會搬太遠吧？」

媽說了一些話，但是太小聲了，我聽不見。

「狗狗！」泰迪尖銳大叫。他甩開查爾斯先生的手後直接跑進屋裡，用力坐到地上並且伸手摸法蘭基。

「泰迪！回來！」查爾斯先生說。

「噢，沒關係，法蘭基喜歡跟人玩。」媽說，「凱西，妳手裡拿的是什麼呢？傳單嗎？」

我快速把海爾的三明治包好並放進紙袋，再拿一些水果、兩條堅果棒、一盒果汁，還有一包洋芋片，接著走到玄關。

「這個星期六？」媽說，她在看凱西帶來的紙張。

「是啊，」查爾斯先生說，「我知道妳們要搬家，但是如果妳們能來的話，我們會很高興的，大家聚在一起做公益是件好事啊。」

法蘭基在地上翻滾，露出肚子讓泰迪搔搔癢。

「哈囉，狗狗，」泰迪說，「你是可愛的狗狗，有趣的狗狗！」

凱西沒有說話，只是不高興的瞪著前方。我從掛勾取下法蘭基的牽繩，牠一聽到聲響就翻身跑了過來。

「梅樂蒂，妳看，」媽拿著傳單說，「星期六墓園要大清掃，我們去幫忙吧？」

「墓園？」我感覺心臟正大力的撞擊胸口。媽把傳單拿給我，我開始讀上面的資訊。

墓園大清掃！

五月九日星期六・上午10:00
鄰居們一起來！
整理「聖約瑟夫教堂墓園」
現場提供點心，請攜帶園藝手套、修剪工具等
若有問題，請洽查爾斯先生（栗樹巷11號）

「這……這是什麼鬼主意啊？」我說，「墓園不需要清理啊！」

「梅樂蒂！」媽說，「怎麼這麼沒禮貌。」

「不是什麼大工程，」查爾斯先生說，「只是整理一些步道讓大家方便行走，還有修剪長到妮娜院子裡的常春藤。」

我嚥下喉嚨那股不舒服的感受。如果星期六會有一堆人去墓園的話，海爾就有可能會被發現。媽跟查爾斯先生開始討論誰能幫忙，我快速穿好鞋子，等泰迪摸法蘭基最後一下，便牽起繩子出門。

我在墓園裡奔跑，把傳單跟裝滿食物的紙袋緊緊抱在胸前，法蘭基也用短短的腿全力衝刺。

我衝進瘟疫屋，海爾坐在毯子上，面前有四堆撲克牌。

「海爾！我們有麻煩了！」我喘著氣說。

「什麼事？」他跳起來說，「是馬丁・史東嗎？」他跑到

窗邊，左看右看。

「不，不是那件事。」我說，並放下那袋食物，「你看這個！」

我把傳單拿給他。

海爾靜靜的看，我看著他胸口不斷起伏。他摸了摸額頭，把傳單還給我，「我想我該離開了。」他說。

「離開？那案子怎麼辦？這樣不就辜負了華里塔分部的期望嗎？」我說。

海爾猶豫了一陣。

「妳說得對，」海爾終於開口，「我們都追查了這麼久，現在放棄離開就太笨了。我會轉移陣地，找個不會離太遠的地方繼續調查。」

我試著思考還有哪裡可以去。我家有多的房間，但是海爾不可能不被發現，尤其是法蘭基會到處聞嗅，還有人會來看房子。

「我想到了！我知道你可以去哪裡了，而且一點也不遠！」我說。海爾挑起眉毛。

「栗樹巷1號啊！」我說，「就在我家隔壁！而且沒有人住！你可以待在那裡，沒有人會發現。你不能開燈，還要離窗戶遠一點，以免被路人看到，待幾天會很安全的。查爾斯先生有時候會進去巡視，但是他才剛去看過，所以要一陣子才會再去。」

海爾似乎放鬆了一點。

「妳真的覺得可以嗎？」海爾說。

即將曝光的藏匿地點

「可以！這個計畫非常完美！」我說。

「那裡……有地方可以洗澡嗎？」

我聳聳肩，「有吧，不過可能沒有熱水。」

「聽起來很棒，」海爾說，「至少可以撐到我跟華里塔分部取得聯繫。」

「只有一個問題，」我說，「我沒有鑰匙，唯一一把鑰匙在查爾斯先生那裡。」

海爾的肩膀垂了下去，「好吧，那算了，雖然是個好主意。」他說。

「你還是可以去啊！」我說，「我只是得想個計畫拿到鑰匙。」

海爾笑了，「哈！妳真的很棒耶，梅樂蒂・柏德。哪像我，直接放棄，但妳卻要擬定計畫。」他說。有時候被稱讚一下的感覺真好。

這倒是提醒了我。

「我還解開了謎語！喔，其實是馬修的爸爸布萊恩想到的。他很熱中益智問答，所以我就跟他說我看到了一個謎語，別擔心，我沒有把你的事情說出去。」

「有什麼事情是妳辦不到的嗎，梅樂蒂・柏德？」海爾笑著說。我感覺自己的臉頰漲紅了。

「總之，答案是『船錨』。」我說。

海爾想了想，開始點頭，「的確。」

「所以現在有鏡子和船錨，」我說，「這應該跟墓園有關係吧？說不定有個墓碑上刻了鏡子和船錨，項鍊就埋在那個地

方！不過我沒有見過那樣的雕刻就是了，我比任何人熟悉這個墓園。」

「我不確定，」海爾深思熟慮的說，「它們似乎指向某個物品，這我同意。再看看會不會有其他紙條吧，妳覺得呢？」

我點點頭，一邊模仿海爾深思熟慮的表情。他拿出袋子裡的食物，看見三明治時，他的眼睛亮了起來。我喜歡幫助別人，這讓我的心裡暖暖的。

「好，我該去準備下一個任務了，」我說，「弄到 1 號的鑰匙！我很快就會再來找你，海爾。」

「再見了，梅樂蒂·柏德。」

+ + +

我跟法蘭基走在回家的路上，我試著擬定計畫，想到兩個方案：

1. 跟查爾斯先生說我聽到 1 號房子裡有奇怪的聲音，可不可以借鑰匙過去看。
2. 跟查爾斯先生說我帶法蘭基來找泰迪玩，然後偷走鑰匙。

第一個方案的問題是，查爾斯先生絕對會立刻過去親自查看，他不可能只把鑰匙借給我。

第二個方案也有點困難，查爾斯先生可能會邀請我進去，但是我很可能沒有機會找到鑰匙；也就是說，除非有人能吸引

他們的注意，我才能偷偷溜去找。這讓我想到了第三個方案。

3. 我跟法蘭基一起過去，然後有人把查爾斯先生、凱西和
　　泰迪都引到外面，讓我有時間找到鑰匙並放進口袋。

　　這絕對是最好的方案，問題是，我要找誰呢？我跟法蘭基
從小路走出來、進入栗樹巷，我往 9 號望去。只有一個人可以
幫我。
　　馬修。

CHAPTER 19

說服馬修

隔天早上，我傳訊息給馬修。

梅樂蒂

> 嗨，馬修，一起去學校嗎？

我不確定他會不會回，但這次我只等了五分鐘。

馬修

> 沒問題。

我們同時走出家門，在我家車道出口碰面。我覺得馬修看起來很焦慮，我們一起往學校前進。

「昨天去看羅德醫生的狀況怎麼樣？」我說。

馬修深吸了一口氣，「超可怕的，」他說，「我得徒手摸垃圾桶蓋，我以為我的心臟要爆炸了，跳得好快啊。」

「那你有摸嗎？」我說，「你有成功碰到它嗎？」

馬修點點頭，「有，不過我花了一陣子才成功。」

「那我就不會用可怕來形容了，」我說，「你做到了耶，馬修！你碰到蓋子了，好棒喔。」

馬修笑了，「羅德醫生也這麼說。」他說。

我們走到商店街，跟其他學生一起走向學校。

「那妳家怎麼樣了？」馬修說，「真不敢相信妳要搬家了。」

「我知道，真的很糟，」我說，「我媽今天早上在家，有三組客人要來看房子。」

「但是妳們為什麼要搬家啊？」

「我媽說我們負擔不起住在這裡的費用，我要她去跟我爸談，如果他知道的話也許可以幫忙。」

馬修瞪大眼睛，他並不知道我爸的事，也沒有問過。

「妳覺得妳媽會聯絡他嗎？」馬修說。

我聳聳肩。

「我媽不想，我想她應該不想再跟我爸扯上關係。但是我們只需要他幫忙一下就好，他可以再次消失。」

這種感覺真好，可以邊走邊聊天，我們好久沒有這樣了。

「馬修，你可以幫我一個忙嗎？」我說。

「嗯，也許吧。」馬修說。我都還沒告訴他是什麼事，他就露出了擔憂的表情。

「我需要從查爾斯先生家拿個東西。」我說。

「為什麼？」他說。

「這就是重點，」我說，「我不能說原因，只能說這是一

件非常非常重要的事。」

突然間，後方傳來輪子打滑的聲音，有顆小石頭打到了我的小腿肚。

「哎喲，」我說，一邊轉身。是傑克，我發出一陣咕噥。

「什麼事非常重要啊？」傑克說。

「傑克，這是我們之間的事！」我說。

「梅樂蒂只是在找我幫忙，但她不能說出原因。」馬修說。我不高興的看向他。

「要幫什麼？」傑克說。他們都在等我的答案。

「幫我騙人。」我說。

傑克咧嘴笑了起來，跳下腳踏車後走到我們旁邊，「聽起來很有趣。」他說。他看起來比昨天打完棒球時的樣子開心多了。

「我需要到查爾斯先生家拿個東西，但是不能讓他知道，」我說，「我需要有人幫忙。」

「OK，那妳要拿什麼呢？」傑克說。

「是啊，妳至少要告訴我們那是什麼吧！」馬修說。

我抓緊書包的背帶，這個部分我得小心的說。

「沒辦法，」我說，「你們得相信我，我有很重要的理由，攸關生死。」我閉上嘴，我已經說太多了。

「什麼？」馬修說，「太荒謬了，梅樂蒂，不可能。」

我預期傑克也會說類似的話，但他沒有，「那妳希望我們怎麼做？」傑克反而這樣說。

「放學之後我會去敲查爾斯先生家的門，假裝我只是偶然

出現，要讓泰迪看看法蘭基。」

「好，那我們要在什麼時候出現？」傑克說。

「我們？」馬修說。

「你們要在馬修家的後院，」我說，「我需要你們想辦法把查爾斯先生、泰迪和凱西都引出來，等他們一出去，就盡可能拖住他們，我就會去找……我需要的東西。」

馬修看起來不太高興，但是傑克咧嘴笑著，「我想到我們可以做什麼了！」傑克說，「別擔心，梅樂蒂，這件事算我一份！晚點見啦！」

傑克騎著腳踏車走了，在身後留下一團沙塵。

「抱歉，梅樂蒂，如果妳不能多告訴我一點事情，那我不會幫妳。」馬修說。

我停下來轉身面對他。

「你知道嗎，馬修？」我說，「這輩子幫我一次就這麼難嗎？你這個朋友對我真的很差，傑克比你好多了，至少傑克會當面把話說出來，而不是在背後講我！」

馬修露出好像被我打了一巴掌的表情。

「什麼意思？」他說。

「傑克說，你覺得我『很累人』，」我說，「想起來了嗎？」

我有點希望這是傑克亂說的，但是看見馬修的臉變成黯淡的粉紅色，我就知道這是真的，於是我氣沖沖的離開了。

✤ ✤ ✤

午餐時間，我坐在電腦教室後方隆起的草地上，馬修來找

我。

「嗨。」他說。

「嗨。」我說，但是我沒有抬頭看他。我看見馬修的腳踩來踩去，他很緊張。

「我想了想妳說的話，」馬修說，「我不是真的覺得妳很累人，梅樂蒂。我跟傑克在鬧，就不小心脫口而出了，對不起。」

我依舊沒有抬眼，馬修在我旁邊的草地坐下。

「我不會忘記去年，當每個人都覺得我很怪的時候，妳是怎麼跟我站在一起的，」馬修說，「我不希望妳惹上麻煩，妳要從查爾斯先生家拿什麼呢？跟妳不想搬家有關嗎？」我搖搖頭，「那……這跟妳爸爸有關嗎？」

「沒有，跟他無關。我只是在幫一個朋友，」我說，「他需要找個地方待幾天。」

馬修皺了皺眉頭，「而妳認為他可以待在查爾斯先生家？」他說，接著張大嘴巴，「等一下！妳覺得他可以待在 1 號！妳想要拿鑰匙！」

我嘆了一口氣。大家都知道查爾斯先生有鑰匙，馬修直接猜到了，「對，但是我不能再讓你知道更多了，好嗎？拜託你千萬千萬要保密，連傑克也不能說。」

馬修並不是很高興，但是他點點頭，「我想傑克要煩的事已經夠多了，」他說，「詹金斯先生抓到他在走廊上奔跑，現在他每節下課都得去整理體育器材櫃，要整理一個星期。」

這個懲罰比傑克犯的錯嚴重太多了，如果是別人的話，在

走廊上奔跑只會被記名字扣分而已。

「他應該要找人說這件事，」我說，「他被老師霸凌耶！」

「我知道，」馬修說，「我也跟他說應該告訴爸媽，但他拒絕了。」

午餐時間結束的鈴聲響起，我起身拿起包包，接著我們一起走回教室。

「那，你會幫我嗎？」我說。

馬修嘆了口氣。

「好吧，」他說，「我會幫妳。」他擠出一點點笑容，「只要有妳在，總會有精采的事發生，梅樂蒂。」

✛ ✛ ✛

放學回家的路上，馬修、傑克跟我擬定了計畫。

「你們兩個在馬修家的院子裡準備好，」我說，「我會在4：30帶法蘭基去查爾斯先生家，大概4：35的時候，我要你們製造一些事情，讓查爾斯先生、凱西和泰迪都出去查看，然後讓他們在外面盡量待久一點。」

「沒問題！」傑克咧嘴笑著說。

「那我們要怎麼做？」馬修說。傑克拍拍他的肩膀，馬修瑟縮了一下，他不喜歡別人碰他。

「別擔心，小馬，我說了，我有個點子。」傑克說，「待會見啦。」他跨過腳踏車，把車牽到馬路上後騎走了。

回到家時，我看見媽留了字條說她去超市買點東西，我想她應該注意到起司快吃完了。

我望著時鐘，下午 3:45，我還有足夠的時間幫海爾帶點食物。我把幾樣東西放進袋子，包括媽從咖啡店帶回來的燕麥餅。

我帶著法蘭基，快步穿過小路進入墓園，往瘟疫屋前進。

「海爾，我幫你帶了一點食物。我得趕快，因為……」

我停了下來，海爾蜷縮在毯子裡。

「海爾？」我說，「你在睡覺嗎？」

沒有回應。

「海爾？」我說。

我慢慢走過去。一開始，我以為發生了可怕的事，也許馬丁·史東發現他了，但是當我看見海爾的背在起伏，我頓時鬆了一口氣。

我的視線越過了海爾的肩膀，他睜大眼睛看著髒兮兮的牆壁，一隻手戴著他的黑色手錶，另一隻手托著那隻錶。

「海爾？你怎麼了？生病了嗎？」我說。

法蘭基嗅嗅他的背包並且用鼻子輕輕拱他，但是海爾沒有動。

我放開法蘭基的牽繩，坐在海爾旁邊並摸了摸他的手，非常冰冷。我幫海爾蓋上另一條毯子，從袋子裡拿出果汁後插上吸管。

「來，喝這個。」我說。我用吸管戳戳海爾的嘴唇，他眨了幾下眼睛後繼續盯著空氣，於是我放下果汁。

「我又幫你帶了食物，」我盡量用輕柔的聲音說，「水果，還有一些穀物棒，噢，還有自製的燕麥餅喔，而且是有機的，

一定會是你吃過最好吃的燕麥餅。法蘭基，把你的鼻子移開。」

海爾眨眨眼。法蘭基聞到了食物，把臉湊進袋子裡。

「法蘭基！那是海爾的食物，不是你的！走開。」我抓住牠的項圈，但牠已經從袋子深處咬出了一條穀物棒。法蘭基用門牙叼走，跑到房間角落。

「不！法蘭基！還給我，笨狗！上面還有包裝紙呢。」我走過去把法蘭基困在角落。牠深棕色的眼睛對我眨呀眨，嘴巴叼著穀物棒，彷彿那是一根美味的骨頭，牠的尾巴瘋狂擺動著。

「我們沒有在玩遊戲！放開！快放開！」我說。我聽見後面傳來聲響，海爾坐起來看我們。

法蘭基發現我轉移了注意力，便突然往旁邊衝，我撲向法蘭基、抓住牠的項圈。穀物棒掉在地上，我捏起包裝一角，黏黏的口水滴了下來。

「我想你應該不會想吃這個吧。」我說，並轉向海爾。

「拿鑰匙的事怎麼樣了？」海爾說，聲音小得像在說悄悄話。

「我想好了計畫，待會就會去拿，我只是想先幫你帶點吃的。」我說，並且坐下來拿出一塊燕麥餅，「來，這應該會讓你好一點。」

海爾接過燕麥餅，他拿在手裡看了一下。他咬了一小口，接著再咬一口。

「海爾，」我說，「你還好嗎？」

海爾不再咬餅乾，但是他沒有抬頭，接著搖搖頭。

「我覺得我遇到麻煩了，」海爾說，「我想……我想我被拋棄了。」

「什麼意思？」我說，「被誰拋棄？」

「我的團隊。」他說，「他們還是沒有跟我聯絡，我只能靠自己了。」

「但是軍情八處不可能會陷你於不顧的！」我說，「他們一定在連夜搶修恢復通訊，他們很快就會搞定一切，你等著！」

海爾搖搖頭，我有了可怕的想法，接著倒抽一口氣。

「你該不會認為……軍情八處在利用你吧？當誘餌？」我說。

海爾抬頭並皺著眉頭看我，「誘餌？」他說，聲音還是很小，「什麼意思？」

「我的意思是，也許他們是刻意不跟你聯絡的，也許他們想要你待在這裡繼續嘗試，引誘馬丁‧史東過來！」

海爾想了一下，「我搞不懂這是怎麼一回事了，」他說，「我好累，梅樂蒂‧柏德。」

我覺得喉嚨有點緊，我把手放在海爾的肩膀上、緊緊握住。

「我們會幫你進去 1 號房子，事情會好轉的，好嗎？」我說，「我要先去拿鑰匙了。」

我站起來，海爾對我微笑。

「謝謝妳。」他說。

當我要離開時，我看見海爾旁邊的毯子上有一張摺起來的

紙條。

「你又發現新的線索了嗎？」我說，並彎腰拿起紙條。

又一次，彎曲的鉛筆字出現在乳白色的紙上，我開始讀。

> 我們沒有肉、沒有羽毛或骨頭，
> 但我們依然有自己的手指。

「真奇怪，『沒有肉、沒有羽毛或骨頭』，你知道這是什麼意思嗎？」我說。

「不，還不知道。」海爾說，「既然妳已經看過，那我就把它放回去。」他遲疑了一下，「我突然想到，我到了安全的地方以後，就只能靠妳取得訊息了，妳認為妳做得到嗎？」

我看著海爾，把摺好的謎語交還給他。

「當然可以，」我說，「我也是團隊的一分子，不是嗎？」

CHAPTER 20

栗樹巷1號的大門鑰匙

　　我在下午 4：32 抵達查爾斯先生家，比預計時間晚了兩分鐘。我按下門鈴，法蘭基嗅了嗅門階上的刮泥地墊，上面有又大又黑的「歡迎光臨」字樣。

　　「啊！梅樂蒂，」查爾斯先生開門說，他穿著紅色格紋襯衫，並且將袖子捲了起來，「有什麼事嗎？」

　　「哈囉，查爾斯先生，」我說，並努力展現出最完美、最閃亮的微笑，但是其實我的心正怦怦跳，就像大鼓在敲擊，我覺得查爾斯先生似乎可以看出我正盤算著某些事情，「我帶法蘭基出來散步，不知道泰迪會不會想看看牠？」

　　泰迪一定是聽到了法蘭基的名字，因為他一邊大叫一邊跑到玄關。

　　「狗狗！」他說，並跪在門墊上，雙手各抓著法蘭基的一隻耳朵。

　　「小心點，」我說，法蘭基邊吠邊往後退，「你要很輕很輕的摸，來，我教你。」

　　我蹲下來為泰迪示範如何用法蘭基喜歡的方式輕輕摸牠的

耳朵，泰迪睜著藍色的大眼睛仔細看，接著伸手輕柔的摸摸法蘭基的耳朵。

「妳人真好，梅樂蒂，」查爾斯先生說，「對不對呀，泰迪？」

我在等查爾斯先生邀我進屋，但他只是站在那裡，這跟我計畫的不一樣！我得進屋子裡去才行！於是我決定主動出擊。

「凱西一定也想看看法蘭基，」我說，「或許我應該進屋子裡去？」

在查爾斯先生回話之前，我已經走進屋子裡了。

「狗狗進來了！」泰迪開心的尖叫，穿著襪子的腳不斷在玄關地毯上用力踱步。我讓法蘭基在前，帶我走進客廳。凱西坐在角落的桌邊玩拼圖，盒子上的圖片是一隻獅子。

「哈囉，凱西，」我說，「妳想跟法蘭基打招呼嗎？」

她看看法蘭基，再看看我。

「不想。」她說，然後繼續玩拼圖。她真的有點讓人害怕。

泰迪坐在地上，法蘭基趴在他旁邊，舔舔嘴巴之後打了個呵欠。

「狗狗好好玩！」泰迪說，伸手從法蘭基的頭頂摸到尾巴。

我看了一眼壁爐上的時鐘，時間是 4：36，馬修跟傑克隨時都會把他們引出去，等他們出去，我就得趕快找鑰匙。我會從玄關開始，那裡看起來是最有可能放鑰匙的地方，至少我家是這樣。

「你們今天有客人來看房子啊，梅樂蒂，」查爾斯先生說，

一邊坐到他的扶手椅上,「有人出價了嗎?」

「沒有,」我說,「我們最後還是不會搬的,我爸會幫我們。」

說謊時,我感覺到臉有點紅。

「噢對,」查爾斯先生說,「不知道他有沒有跟妳們聯絡。」

「為什麼這樣說?」我問。

查爾斯先生聳聳肩說:「也沒為什麼啦。」

查爾斯先生的這句話好奇怪,爸跟我們一起住的時候可能認識查爾斯先生,但是他為什麼想知道爸有沒有跟我們聯絡呢?爸離開之後,媽跟鄰居說他搬走了,也沒告訴任何人爸騙了我們的事,只有我們自己知道。

我看著泰迪不斷撫摸法蘭基,4:38,馬修和傑克應該要製造一些狀況了。正當我在想他們大概任務失敗的時候,外頭傳來一陣巨大的撞擊聲。

查爾斯先生從座位上跳了起來。

「我的溫室!」他說完,便急忙跑向露台通往花園的那道門。他們到底做了什麼啊?

查爾斯先生用力拉開門。

「怎麼回事!」他大喊。傑克的頭出現在馬修家院子的圍籬上。

「抱歉,」傑克說,「我們在踢足球,然後⋯⋯」

查爾斯先生跑出去後,泰迪也跟了過去,留下法蘭基在地上打呼。我一度以為凱西不會出去,但是她從椅子上起身,也

跟著他們去了花園。計畫奏效！屋裡只剩下我一個人了！但是能維持多久呢？

我跑到玄關，在大門旁的邊桌上尋找，桌上有電話、通訊錄、記事本和幾本從圖書館借來的書。我打開小抽屜，裡面有一盒面紙、車鑰匙和原子筆，但是沒有住家的鑰匙。我在門附近找鑰匙掛鉤，但是也沒有看到。

我跑進廚房，其中一側有一疊信件和寫著「茶」、「咖啡」、「餅乾」的容器。我從窗戶望向花園，查爾斯先生牽著泰迪站在草地中央，傑克和馬修正從圍籬上方張望，查爾斯先生指著他全新的溫室，其中一面玻璃被打碎了，足球掉在草地上。我咕噥了一聲，傑克一定要搞成這樣嗎？但是我現在沒心思想這個，我還有任務要完成。

我看見窗台上，盆栽旁邊有個陶盤，裡面有迴紋針、圖釘、橡皮筋和三個燈泡，還有一把鑰匙。它跟紅色的小塑膠吊牌串在一起，上面寫著 1 號。

找到了！我迅速將它放進制服外套口袋。

「妳在做什麼？」有個聲音說。

我倒抽一口氣並快速轉身。

「噢，凱西！妳嚇了我一跳。妳想跟法蘭基玩嗎？」我往前門走去，但是她往旁邊跨了一步，擋住我的去路。

「我問妳在做什麼。」凱西說。她迅速掃視廚房，想弄清楚我在做什麼。

「我只是……想倒杯水喝，」我說。凱西朝我後方的水槽望去。

「那杯子呢？」她說，並瞇起眼睛。

「我放好了。」我說，「來吧，我們回客廳。」

「妳在找那封信，對吧？」她說，嘴脣微微上揚。

「什麼信？」我說。

「外公收到的信，他不知道該不該跟妳們說。」

「什麼？什麼意思？」我說。

凱西露出微笑並揚起眉毛。

「是一封寫給外公的信，跟妳有關。他邊看信邊講話，他經常那樣，在想什麼都會大聲說出來，以為沒有人在聽，但我有。」

我的胃冒出不舒服的感覺。

「他有說那封信是誰寄的嗎？」我說。

凱西緊緊抿著嘴脣。

「凱西！是誰寄的？」我嚴厲的說。

「妳爸。」她說，她的眼神飄向旁邊那疊信件，又再度回到我身上。我馬上走過去翻。

「梅樂蒂？妳還在嗎？」查爾斯先生喊，一邊從露台的門走進客廳。

我快速掃過那些信，然後看見一個信封，上面的收件地址是爸的筆跡：「栗樹巷 11 號，查爾斯先生收」。我將它對摺後塞進口袋。

「啊，妳在這裡啊。」查爾斯先生走進來說，「那些小鬼真是的，雖然馬修通常不會在院子裡玩，妳覺得他已經好了嗎？妳知道，那個什麼什麼症的。」

「強迫症，沒有，他還沒好，不是你想的那樣。」我說。

我走到客廳牽起法蘭基的牽繩，「我該離開了。」我說。

「幸好我有多的玻璃，」查爾斯先生說，並跟在我身後，「我想應該不太嚴重。下次見了，梅樂蒂。」

泰迪拍拍法蘭基的屁股說再見，凱西站在他後面，臉上有淺淺的微笑。

「再見，梅樂蒂。」她喊。

我打開門並迅速帶上，希望她不會洩我的底。

CHAPTER 21

爸的來信

我一回到家就取下法蘭基的牽繩、踢掉鞋子後跑上樓。

我坐在床上，拿出口袋裡的信，手指沿著信封上的字滑動。是爸的字，我認得「巷」這個字裡彎彎的勾，不管在哪裡我都認得出來。

翻到信封背面時，我的心跳得好劇烈。查爾斯先生已經將封口打開了。

我拿出信紙開始讀。

> 親愛的查爾斯先生：
>
> 　　希望您有好好保重，願 11 號的一切都平安美好。
>
> 　　收到我的信應該讓您很意外，畢竟我們並不熟悉，也沒有交談過幾次，只有偶爾遇到時會聊聊天

氣和您的花園。我對於跟鄰居交談總是有很多顧忌，真是遺憾，您總是讓人感覺很親切。

我想您應該知道，這並不是我人生中唯一的遺憾，我搞砸過很多事情，這樣說可能都還太過保守。我寫這封信並不是為了獲得您的同情，而是想請您幫忙。我知道您會在第一時間拒絕，但是我想請您讀完這封信後再做決定，我將十分感激。

我想請您幫個忙……

「梅樂蒂！妳在家嗎？」

媽踏著沉重的步伐上樓，我連忙把信塞進信封、壓好封口，但還來不及藏到枕頭下，媽就走進了我房間。

「妳在啊，」她笑著說，「妳手上的東西是什麼？」她朝信封點了點頭。

「是，嗯，一封信。查爾斯先生的，不小心送到我們家了。」我結結巴巴的說。

「我現在要過去，我拿給他。」她說，並拿走信封，但是沒有看信封正面。

我肺裡的空氣彷彿被抽光。

「為什麼妳要過去啊？」我問。

「我要告訴他，咖啡店會免費提供一些點心給星期六的墓園清掃活動。」她說。

我看著媽手裡的信，爸想要查爾斯先生幫他什麼忙呢？我

得弄清楚。我準備開口說要跟她一起去，或是我自己拿過去給查爾斯先生就好，但是又趕快閉上嘴巴，因為媽可能會因此起疑，然後仔細查看信封，到時她就會認出爸的筆跡，就跟我一樣。如果媽知道是爸寄來的，那我就不可能知道爸寫什麼了，她大概會把它撕爛，就跟爸之前寄的其他信一樣！

「妳可以幫忙擺好晚餐要用的餐具嗎？」媽說，「我們今晚吃法式鹹派和沙拉，還有妳可不可以收拾一下房間？明天有客人要來看第二次，仲介覺得他們很喜歡這裡。」

我說不出話，感覺有一團東西卡住了喉嚨。媽拿著信封下樓了，我在房裡看了一圈，不覺得有哪裡需要收拾，但是我很快的撿起髒襪子並把被子拉好，這樣就可以了。我聽見家門關上的聲音，於是跑下樓站在客廳窗簾旁邊偷看。查爾斯先生正在幫媽開門，他會認出那封信，發現它被偷了嗎？我屏住呼吸，他們好像在談論事情，接著媽把信封交給查爾斯先生。泰迪出現了，查爾斯先生看都沒看就把信交給泰迪，說了一些話後，泰迪便搖搖晃晃的往廚房走去。我終於吐出了一口氣。

我很快就照媽的意思擺好餐具，然後穿上運動鞋跑去瘟疫屋。

當我抵達時，海爾正站在窗邊往外看。

「梅樂蒂·柏德！」他轉身說。

「我拿到鑰匙了。」我說，「明天是星期三，我想你明天就過去吧，這樣就可以在星期六清掃之前離開這裡。」

海爾露出微笑，說：「我就知道妳辦得到。」

我轉身準備離開。

「妳還好嗎？」海爾說，「妳看起來有點慌張，是哪裡出了問題嗎？」

我搖搖頭，說：「我沒事。」

海爾朝我跨過來。

「妳想聊聊嗎？」他說。

有一瞬間，我想跟他說爸的那封信，跟他說馬戲團表演之後爸離開我們的事，還有他騙了我們，然後媽有多震驚所以三天都沒吃什麼東西。但是光想到這些，就讓我的喉嚨卡住了，我說不出口。

「一切都很好。」我說。為了轉移話題，我繼續說：「你解開謎語了嗎？」

「我們沒有肉、沒有羽毛或骨頭，但我們依然有自己的手指。」海爾說，「我還沒解開，但我會繼續嘗試。」

我感覺大腦累得無法思考。

「我該回家了，」我說，「明天見了，海爾。」

海爾帶著擔憂的表情看著我，我轉身離開。

我走在墓園的步道上，爸寫下的那些話依然在腦中盤旋。我試著回想，卻想不太起來，只記得我讀到的最後一句：「我想請您幫個忙……」

他要請查爾斯先生幫什麼忙呢？

走進栗樹巷時，我往 11 號望去，爸的信就在那扇門裡面。我不確定為什麼，但是我得把它拿回來。

CHAPTER 22

教室裡的霸凌事件

　　隔天早上上學時，栗樹巷 1 號的鑰匙還在我的外套口袋裡。把信送還給查爾斯先生後，媽回家時沒有說什麼，所以我猜得沒錯，他們都沒有仔細看那封信是誰寄來的。希望泰迪把那封信放到廚房櫃子上，跟其他信件擺在一起，也希望查爾斯先生不要太精明，這樣我就安全了。

　　關於那封信，反正在學校也做不了什麼，所以我決定暫時把它擺到一邊，先專注在謎語上。

　　今天的第一堂課是法語課，馬修坐在我旁邊。剛開始上課時，法語老師肯特小姐要我們跟旁邊的人用法語說說自己的嗜好，馬修便利用這個機會問我。

　　「妳拿到鑰匙了嗎？」他說。

　　「拿到了，」我說，「把足球踢進溫室也太誇張了吧？不過這就是傑克的作風。」

　　「傑克原本想把球踢進池塘，」馬修說，「查爾斯先生最愛那些魚了，傑克認為如果池塘附近有什麼聲音，他肯定會跑出來。」

我看了馬修一眼，他的臉上帶著微笑，一定是覺得這件事其實很好玩。

「妳要幫誰溜進 1 號啊？」馬修問。

肯特小姐走了過來，馬修便開始說法語，說他有多喜歡足球，雖然我知道馬修根本不踢足球。法語老師走掉之後，他便馬上改口，不再說法語。

「妳知道，妳可以信任我。」馬修說。

如果全世界我只能相信一個人的話，那就是馬修。去年夏天我們一起經歷了好多事情，他的確是我最好的朋友，即使最近我們之間的相處變得有點奇怪。

「好吧，但是你要發誓，絕對不可以告訴任何人，不可以告訴你爸媽，不可以告訴傑克，任何人都不行。」我說。

馬修點點頭，說：「我不會告訴任何人的。」

我深吸了一口氣。

「有個人躲在墓園裡，」我說，「他遇到麻煩了，我告訴他在獲得援助之前，他可以待在 1 號。」

馬修的眼睛瞪得好大，看得出來這完全超出了他的想像。

「什麼意思，有人躲在墓園？」他說，「誰啊？」

「一個叫做海爾的男孩。」我說。

馬修轉頭確認肯特小姐在哪裡 —— 她在教室最後面。

「他爸媽不知道他在那裡嗎？」馬修說，「他幾歲？」

「我不知道，15 ？也許 16 歲吧？」

「他一定是離家出走。」馬修說。

「不是！不是那樣，」我說，「他在幫祕密組織做事，但

是他執行的任務……出了一點狀況，然後星期六墓園要大清掃，所以他需要另外找地方待幾天。」

這些話聽起來真是令人難以置信。

「祕密組織？妳是認真的嗎？」馬修說，聲音裡帶了點笑意，「妳怎麼知道他不是在騙人？他說不定是殺人犯耶！或是正在跑路的小偷、通緝犯！」

「他才不是！」我厲聲說，「他在幫忙抓那些人！噢，我就知道不應該告訴你，忘了我說的話吧，好嗎？」

接下來我們都沒有說話，只練習了幾句法語。幸好，今天只有這堂課要跟馬修一起上，所以他沒機會再問我更多問題了。我很氣自己告訴馬修這件事，我答應海爾不會說的。而現在，我幾乎搞砸了每一件事。

最後一堂課是數學課，馬修在高段班，我則是在中段班，跟傑克同班。我們的數學老師布萊恩太太請了病假，所以大家都在等代課老師出現。

教室裡的人似乎都覺得這是個吵鬧的好時機，全班都在講話，除了我們幾個之外，大家都沒有坐在位子上。有人在教室裡亂丟筆袋，還丟到了一個叫做丹尼爾的男生。丹尼爾從桌上抓起黃色螢光筆丟了回去，結果全班都開始互丟東西，捲起來的紙張、尺跟鉛筆都在頭上飛。

我坐在位子上，很開心自己沒有捲入這場戰爭，我不喜歡大家這樣。我拿出數學課本，翻到還沒開始上的那一頁後趴在上面。就在這個時候，教室門打開，代課老師出現了。

是詹金斯先生。

大家慌亂的跑回座位，詹金斯先生可不是好惹的。但或許有人沒有看見他，因為有一個淺綠色的橡皮擦飛越教室，打中了詹金斯先生的鼻子側邊。

　　被橡皮擦打中時，詹金斯先生瑟縮了一下，接著像木頭一樣站著，動也不動。綠色橡皮擦掉到地上，彈了一下、兩下，接著在他的運動鞋旁邊停了下來。詹金斯先生彎腰撿了起來。

　　「誰丟的？」他說，並且用拇指和食指捏著橡皮擦，就像在對著光線看一顆綠寶石。

　　沒有人出聲。

　　「你們大概沒聽清楚，」詹金斯先生露出猙獰的微笑說，「我說，**誰—丟—的—？**」

　　他的大吼聲嚇了大家一跳，詹金斯先生的音量能在幾秒之內從輕聲細語變成幾乎震破耳膜。這次一樣沒有人出聲。

　　「這間教室就跟動物園裡的黑猩猩區一樣！」詹金斯先生怒吼，他緩緩繞著教室走動，「我問最後一次，誰丟的？」

　　教室裡一片安靜。詹金斯先生停在傑克的桌子旁邊，而我在教室的另一邊，心一沉。

　　「傑克・畢夏，」詹金斯先生說，「是你嗎？橡皮擦是你丟的嗎？」

　　我不敢看傑克慘白的臉，他完全不敢看詹金斯先生。

　　「不是，先生。」傑克小聲說。

　　詹金斯先生沿著走道走回教室前方。

　　「我是不太相信你說的話，」詹金斯先生說，「你通常都是作亂的源頭。有人看見傑克・畢夏丟橡皮擦嗎？有嗎？」沒

有人說話，「少來，一定有人看到！」

詹金斯先生希望是傑克丟的，但是他無法證明。從橡皮擦飛過去的角度來看，根本不可能是傑克丟的。教室裡一片沉默。我看見詹金斯先生的肩膀微微聳起，他大概是放棄了吧，我想。但是我聽見傑克的椅腳刮過地板，他站了起來。

「不是我，好嗎？你不能把錯怪到我頭上，這次不行！」

我猛然轉身，傑克雙手握拳、呼吸急促的站著。我回頭看詹金斯先生，發現他的嘴角微微上揚。這就是他想要的。

反抗。

「坐下吧，傑克·畢夏，別丟自己的臉了。」詹金斯先生說。

我閉上眼睛，默默祈求傑克可以坐下，但是他沒有。

「最後一次機會，傑克·畢夏，不然罰你一個月課後留校。橡皮擦是你丟的嗎？」

傑克沉默不語。

我為傑克感到難過。他有時候很壞，但是不應該受到這種對待，詹金斯先生一點也不公平。我最不喜歡看到有人遭受不公平的對待，就算那個人是傑克。

我發現自己竟然推開椅子，發出可怕且刺耳的聲音，教室裡的每張臉都轉過來看我。我站起來、膝蓋顫抖、心臟怦怦跳。詹金斯先生瞪著我，嘴巴微微張開。

「是我丟的！」我大聲說。

班上發出一陣驚呼。

詹金斯先生往前跨了一步，他皺起眉頭。

「妳說什麼？」他說。

我吞了吞口水。

「橡皮擦是我丟的。」我說，這次小聲了一點。我從來沒有面對過詹金斯先生的怒火，我感覺他的眼睛就要瞪穿我的腦袋。這真是個錯誤的決定。

就在這個時候，又有椅子往後推的聲音。我看見坐在前面幾排的丹尼爾，也就是橡皮擦的主人，緩緩站了起來。

「橡皮擦是我丟的！」他大聲說。

詹金斯先生快速轉頭。

「你？」他說。

又有另一個人站了起來，這次是最前排的薩米拉，她是我們這一屆最優秀的學生。

「橡皮擦是我丟的！」她大喊。

詹金斯先生又轉了過去，但是赫蓮娜接著站起來，她轉頭看向大家，漲紅了臉頰並深吸一口氣後大喊：「橡皮擦是我丟的！」

下一個跳起來的是湯瑪斯。

「橡皮擦是我丟的！」他一邊大喊，一邊大笑。

「橡皮擦是我丟的！」

「橡皮擦是我丟的！」

我轉頭，看見同學一個又一個站了起來；我也轉頭看向傑克，他終於了解了大家的用意，臉上也恢復了一點血色。沒多久，教室裡的每一個人都站了起來，說橡皮擦是自己丟的。

我們安靜的站著，等詹金斯先生開口。他輪流盯著每一個

人的臉，最後停留在一個人身上 —— 傑克。

「傑克‧畢夏，」他說，「滾出去。」

傑克猶豫了一下，大家都很安靜，接著他推倒椅子、抓起書包後怒氣沖沖的穿過教室，把門甩上。

詹金斯先生走向傑克的桌子、背對著我們，我看見詹金斯先生深呼吸時起伏的背。幾秒之後，他轉身面對我們。

「有人可以告訴我，上一堂課教到哪裡嗎？」他說。

全班互看了一陣之後，大家慢慢坐下了。

一點用也沒有，詹金斯先生永遠是對的，就算全班三十個人也無法改變他的想法。

CHAPTER 23

馬修知道了！

放學回家的路上，馬修追了過來。

「我聽說你們數學課的事了，」他說，「妳真勇敢。」

「我想我只會讓傑克惹上更多麻煩吧，」我說，「你有看到他嗎？他離開後就沒有回來上課了。」

馬修搖搖頭，說：「可能回家了吧。」

「傑克一定要跟學校的人說這件事，或至少跟他媽媽說，」我說，「他自己沒辦法解決這件事的。」

「是啊，」馬修說，「就像妳也需要跟別人說說墓園裡的那個人。」

我加快腳步，我竟然跳進他設下的陷阱，「你就忘了我告訴過你的那些事吧，好嗎？」我說。

「但是他可能很危險啊！」馬修說，一邊追上來，「妳有想過嗎？」

我想起馬丁‧史東和他藏在外套裡的槍，他才是危險人物，不是海爾。

「我可以去見他嗎？至少我可以弄清楚他是個怎麼樣的

人。」馬修說。

我笑了出來，說：「上次我問的時候，你對瘟疫屋可是一點興趣也沒有。」

「他就躲在那裡嗎？」馬修說，他看起來非常害怕。

「對，你沒辦法忍受，對吧？」我說。這樣說很殘忍，但是我希望他能立刻打消這個念頭，就算我必須惹怒他。

我們繼續前進，我看了馬修一眼。他盯著人行道，顯然是在努力思考。

「妳知道嗎，梅樂蒂，」馬修說，「如果這樣可以多了解海爾的話，那我可以忍受，我要去瘟疫屋。」

我的心裡感到一陣溫暖。為了幫我，馬修竟然願意面對恐懼。我現在背負了好多祕密喔：海爾、爸的信、偷了 1 號房子的鑰匙……每一個祕密都像沉重的磚塊壓在我的肩膀上。如果馬修也加入，是不是可以減輕一點重量呢？如果可以不再獨自一人擔憂，這應該是件好事。

「好吧，」我說，「我要幫海爾準備食物，但是我等一下可以在那裡跟你碰面。拜託，你絕對不能告訴任何人。」

我還沒告訴他馬丁‧史東或手槍的事，他根本不知道這件事有多嚴重。馬修點點頭。

「往墓園最上方的角落走，最舊的那一區，圍牆有一部分坍塌了，瘟疫屋就在圍牆外面。」我說。

「那就二十分鐘後在那裡碰面。」馬修說。

+　+　+

回到家時，媽還沒下班，我便開始幫海爾準備食物。不知道馬修出現，海爾會有什麼反應，他會對我發脾氣嗎？我甩掉這個想法，現在做什麼都來不及了。

法蘭基坐在小床裡看著我將洋芋片、優格和水果放進塑膠袋，我覺得媽就快要發現食物不見了。我從抽屜裡拿了一把吃優格的小湯匙。

「來吧，法蘭基，」我說，「出去走走。」

法蘭基爬出小床，一路搖著尾巴走到門口。

+　+　+

海爾帶著大大的微笑等我。

「嗨！」他開心的說。我發現他的東西都收拾好了，背包就在他的腳邊。

「海爾，我有件事情要告訴你。」我說，並把食物放下，「不用擔心，只是馬修，如果你可以信任他人，那你就可以相信馬修。」我笑了一下，但卻是因為我很緊張。

海爾的臉色一沉。

「妳做了什麼，梅樂蒂・柏德？」海爾說，「妳沒告訴別人我在這裡吧？」

「我必須說，」我說，「馬修跟傑克幫我引開查爾斯先生，所以我才拿得到鑰匙。馬修知道你在這裡，但你絕對可以相信他。」

海爾在房間裡踱步。

「真不敢相信，」他搖搖頭說，「我以為妳是團隊不可多得的人才，梅樂蒂‧柏德，妳背叛了我對妳的信任，為什麼？」

海爾在我面前停下腳步。

「我沒有！」我說，「相信我，如果這會讓你陷入危險，我絕對不會告訴馬修，我保證。」

「梅樂蒂？妳在嗎？」有個聲音傳來，是馬修。

法蘭基扯著牽繩想要過去，海爾看起來更驚慌了。

「他來了？」他問，聲音從咬緊的牙關中吐出。

「他想認識你，」我說，「他很擔心我，我不希望他跟爸媽說這件事，所以就說他可以過來。」

「什麼？」海爾說，「妳才剛說我可以相信馬修，現在又說他可能會告訴別人！」

「啊，妳在這裡啊。」馬修不好意思的走了進來，他穿著長大衣，拉鍊也拉得高高的，雙手都插在口袋裡。我感到好心疼，馬修一定是鼓起了很大的勇氣才過來、走進這間「瘟疫屋」。就算理智上知道那些病菌早就不在了，馬修的強迫症還是會搶奪主控權，他一定拚了命忽略那種細菌爬滿牆壁的感覺。

「哈囉，」馬修說，「你就是海爾吧？」

海爾瞪大眼睛。

「是你。」海爾說。

馬修看起來很驚訝，他看看我，再看看海爾。

「你認識我嗎？」馬修問。

海爾坐回窗台，然後搖了搖頭。

「不……抱歉，我弄錯了。」他說。

馬修對我皺起眉頭並靠近了一步，說：「梅樂蒂告訴我你遇到一些麻煩，發生了什麼事？」

他說話的聲音比平常大聲，而且把頭抬得高高的，這是他假裝自己很勇敢的樣子。

海爾將手臂環抱在胸前，我在等他開口說他在這裡的原因，為什麼會住在瘟疫屋裡，但是海爾沒有說話。

「海爾，跟他說馬丁‧史東的事啊！」我說，「那個犯罪主謀！還有軍情八處跟可能已經出賣你的團隊，還有那把槍！」

馬修哼了一聲，說：「槍？軍情八處？」他看了海爾一眼，「是真的嗎？」

海爾吞了吞口水並盯著地板，他看起來真的很不自在。更令人擔心的是，他並不打算附和我說的話。

「這位是祕密特務海爾‧文森，」我用堅定的語氣說，「他是間諜，正在執行重要的任務，要找回一條價值連城的項鍊。他待在這裡是因為要監視一個叫馬丁‧史東的罪犯，這個人身上有一把槍，但海爾現在有可能會被史東發現，而且我們認為海爾的團隊可能出賣了他，利用他當誘餌。還有，海爾不能繼續待在這裡，因為星期六會有很多人來清掃墓園，所以我們要讓他到一個安全的地方，這就是我拿走1號房子鑰匙的原因。」

馬修笑了起來。

「抱歉，梅樂蒂，但妳是認真的嗎？如果他是間諜的話，

那法蘭基就是老虎了。」他說。法蘭基正坐在馬修腳邊搖尾巴。

「你到底是誰啊？」馬修對海爾說，「你是小偷對吧？是不是在監視巷子裡的大家？」

我想起海爾曾經用望遠鏡觀察栗樹巷的每一間房子，我沒有問過他這件事。他是為了查看能從哪裡潛進房屋嗎？

海爾看著地板，「梅樂蒂·柏德說的都是實話。」他靜靜的說，「我是間諜，我為軍情八處工作。」

就在這個時候，另一個房間裡傳來腳步聲，法蘭基又在拉扯牽繩。我已經準備好要逃跑了，心想馬丁·史東或他的同夥可能發現我們了，但是這個入侵者開口了。

「誰是間諜啊？」那個聲音說，傑克走了進來。他一定是偷偷跟在我們後面！

「你來這裡做什麼？」我說。

「我也可以問妳同樣的問題吧！」傑克說。他看看我，又看看馬修，最後看看海爾，並驚訝的張大嘴巴。

「你是誰啊？」傑克說，「而且你為什麼穿我的衣服？」

CHAPTER 24

海爾的危機

事情變得有點奇怪。

「所以，你偷了我的衣服，」傑克說，「你還拿了什麼？」

傑克走了過去，想要拿海爾的背包，但是海爾撲過去一把抓起它，並緊緊抱在胸前。傑克轉而撿起裝滿食物的塑膠袋，把裡面的東西一古腦的倒在地上；我放開了法蘭基的牽繩，牠便往食物奔了過去。

「別弄了，傑克！他沒有偷東西！這些是我帶過來給他的。」我說，一邊把東西撿起來，以免被法蘭基搶走。

我又抓起法蘭基的牽繩，把牠從食物堆裡拉開。

「這位是海爾，」馬修說，「他顯然是個祕密特務，替一個叫做『軍情八處』的組織工作。他正在監視一個叫馬丁・史東的人，對方有一把槍。」我感覺得出來馬修替我感到尷尬，這讓我感覺更糟了。

「槍？」傑克說，「真的嗎，梅樂蒂？」

我點點頭，「對，」我說，「我看到了，這是真的，傑克！」

傑克搖搖頭，「別傻了，根本沒有什麼軍情八處，」他說，

「他是個騙子！而且還偷了我的衣服！」

我走過去站在海爾旁邊，我發現他的手微微顫抖。

「傑克，我們根本不知道周遭其實有很多祕密行動、最高機密，都是一些我們沒興趣知道的事情。」我試著回想第一次見到海爾時，他是怎麼跟我解釋的，「海爾沒有偷你的衣服，是我偷的。」我說。

「妳偷的？」傑克說。

我點點頭，說：「他需要一些衣服，所以我從你家的晒衣架上拿了你的帽T和牛仔褲。袋子裡的食物都是從我家櫃子裡拿的。」

傑克怒瞪海爾，說：「他就不能幫自己辯解一下嗎？」

海爾什麼都沒說真的很奇怪，尤其是他應該受過訓練，知道該如何面對這種狀況。

「海爾，把你告訴我的都跟他們說啊，拜託。」我說。

「是啊，你就說吧，」傑克說，「你要怎麼為自己辯解呢，特務海爾？」

海爾眨眨眼後望著地板。雖然他就站在這裡，但是感覺他正慢慢消失在我們眼前，就像某種奇怪的魔術。

「好，」傑克說，「你有五秒鐘的時間可以證明你是祕密特務，不然我就去報警。」他從口袋拿出手機並解鎖螢幕。

「不要！傑克！」我說。

海爾的呼吸變得急促，彷彿他正在跑步，胸前抱著背包的手也緊握著。

「好吧，等等，」海爾說，並皺起眉頭，「我可以證明。」

「五！」傑克大喊，手指懸在螢幕前。

「住手，傑克！」我說。

「四！」傑克說。

海爾開始在房間踱步，皺著一張臉。

「三！二！」

「不要這樣，傑克！」我說。法蘭基開始激動的狂吠。

「一！」

「好啦！」海爾大喊，「我可以證明！好嗎？」

他清清喉嚨，深吸了一口氣。

「你是傑克·畢夏，」他小聲的說，「你跟媽媽一起住在栗樹巷 5 號，你哥哥住在澳洲。你非常不喜歡你的體育老師詹金斯先生；其實，我敢肯定詹金斯先生經常情感霸凌你。你有過敏的毛病，嚴重過敏，會讓你皮膚發炎，所以以前有人找過你麻煩，而你很難相信別人，所以你會在他們傷害你之前先傷害他們。」

傑克瞪大眼睛，吞了吞口水。

「這又不能證明什麼，」傑克說，「大概都是你從梅樂蒂那裡聽來的。」

傑克看向我，我緩緩點頭。這些我都跟海爾說過，除了他不相信別人的部分，那是海爾自己推論的。

「你必須拿出更厲害的東西才行！」傑克說。他再度舉起手機，準備撥 110。

海爾轉向馬修。

「你是馬修·柯賓，今年 13 歲，是席拉和布萊恩的兒子，

住在栗樹巷 9 號。你有一隻名叫奈吉的貓，你不敢摸牠，因為你認為牠身上有細菌，你怕細菌會讓你生病；你有強迫症。」

馬修聳聳肩，「然後呢？」他說，「知道我的事情並不能證明你是間諜。就像傑克說的，這些可能是梅樂蒂告訴你的。」

海爾靠近一步。

「每個星期一你都會去看一位叫做羅德醫生的心理治療師，你約的時間都是下午 5:00，有時候你的爸爸或媽媽會送你過去，有時候你會自己走過去。你偶爾會取消約診，但是整體來說，你都會定期就診。」

馬修看著我，眨了眨眼睛。

海爾繼續說：「幾個星期前，你從羅德醫生的治療所走出來等爸爸過來接你，他通常會停在公車站讓你上車，這樣做違反交通規則，但是不是什麼嚴重的犯罪。而那次，你爸爸晚到了。」

「準確來說，是晚到十三分鐘。」

「梅樂蒂？」馬修對我說，「這是怎麼回事？」我搖搖頭，毫無頭緒，我根本不知道這些。

「那天有個女人跟她的兒子坐在候車亭，」海爾說，「他們開始跟你說話。那個男孩正在吃一包糖果，也拿了一顆給你，但是你拒絕了。接著那個男孩跟媽媽都上了公車，你又等了六分鐘爸爸才出現。」

「太詭異了吧。」傑克說，他放下手機。

馬修看起來嚇壞了，說：「你跟蹤我？」

「馬修·柯賓，去年夏天有一起孩童走失案件，也就是泰

迪・道森，你在偵查中扮演了不可或缺的角色。結案之後，軍情八處便開始對你產生興趣。」海爾說。他的雙手指尖互相觸碰，一邊在房間裡走來走去。

「什麼？」馬修說，「但是我沒有做錯事啊！」

海爾笑了，說：「不，你誤會了，軍情八處關注你並不是因為你有犯罪行為，而是因為你有潛力。」

馬修瞪大眼睛，嘴巴也張得開開的。

「軍情八處跟蹤你，是因為你非常適合加入我們的團隊，」海爾說，「成為間諜。」

CHAPTER 25

聰明的馬修

「什麼？」傑克尖聲說，「馬修？間諜？別鬧了，馬修不可能當間諜的！」他開始大笑，彷彿這是他聽過最稀奇古怪的事情。我覺得傑克似乎有點嫉妒。

「好啦，傑克，」馬修說，「我們都知道你的意思。」

馬修轉向海爾，說：「讓我把事情弄清楚，自從泰迪‧道森的案子解決之後，你就在監視我，評估我是否能加入軍情八處？」

海爾點頭，「是的。」他說，「我們有你的檔案，馬修‧柯賓。」

我發現馬修臉上閃過一抹微笑，看得出來他很興奮。

「結果如何？」我說。

海爾聳聳肩，「既然沒有人找上你，馬修，我推測評估結果應該是不合適。」他說，「這類決策都是由我的上級負責，我想幾週前我們就不再跟蹤你了。」

我們都沉默下來，思考海爾說的這些話。

「總之，我希望這樣的說明夠充分。」海爾說。

傑克看起來還是不太相信，但馬修看起來十分訝異，這也難怪，因為海爾知道一些連我都不知道的事。

　　「海爾不只是祕密特務，他還會變魔術呢！」我說，「你要不要變給他們看？」

　　海爾聳聳肩，說：「好吧，」他拉開背包拉鍊，拿出之前放在窗台上的光滑鵝卵石。

　　「這裡有一顆鵝卵石，只是一顆普通的鵝卵石。」海爾說，他在我們眼前搖身一變成了魔術師，「如你們所見，這顆鵝卵石毫無特別之處。」

　　海爾露出微笑，用拇指與食指捏著鵝卵石，接著舉起另一隻手並握住鵝卵石。他搖了幾下拳頭之後攤開雙手，手掌內都是空的。

　　「哇，」馬修說，「好酷喔！」

　　我咯咯的笑，只有傑克看起來一點都不驚訝。

　　「聽著，」我說，「我們現在要討論更重要的事情。海爾有危險，再過三天，墓園就要進行大清掃了，我們得把他弄到1號，讓他在那裡躲一陣子，作為安全的藏身之處。」

　　「他為什麼不回家就好？」傑克說，「或是打電話給軍情八處啊？」

　　「我們要遵照程序，內容無法透露。」海爾冷靜的回答，「而且，我們正處於調查的關鍵階段。」

　　「海爾正在監視一個叫做馬丁·史東的罪犯，他在墓園裡跟同夥聯絡。」我說，「身上帶槍的人就是他，他也是劍橋博物館珠寶竊案的幕後黑手。」

傑克張開嘴巴想打斷我的話。

「在你發問之前，傑克，我已經查過了，」我說，「2015年翠鳥項鍊在劍橋的博物館被偷走了，沒有留下任何線索。」

傑克閉上嘴巴。

「現在項鍊還沒有被轉交給其他人，而我們就快要找到藏匿的地點了，」我繼續說，「確定地點之後，我們就可以開始行動。」

「我們？」馬修說，「梅樂蒂，這部分妳也有參與？」

我點頭。

「梅樂蒂幫忙破解了一些罪犯留給同夥的訊息。」海爾說，「若不是她，我沒辦法走到今天這一步。」

我覺得有點自豪。

「什麼訊息？」傑克說。

「是留在墓碑上的訊息，他們寫成了謎語，我認為這些訊息能幫助我們找到項鍊。如果可以比史東搶先一步解開並找到項鍊，那他就玩完了。」海爾說，他轉向我，「梅樂蒂，妳解開最新的訊息了嗎？」

「還沒，」我說。我還沒認真思考這件事，因為我都在忙著拿鑰匙還有想爸的那封信，「可以告訴他們嗎？」

海爾點頭，我便轉向馬修。

「馬修，你一定會喜歡這個謎語，」我說，「這題是：『我們沒有肉、沒有羽毛或骨頭，但我們依然有自己的手指。』」

馬修皺起鼻子，一邊思考，「是魚嗎？」他說，「不⋯⋯不對，牠們沒有手指。」

「猴子呢？」傑克說，「狗？山羊？」

馬修笑了，說：「牠們都有肉和骨頭啊，傻子！」傑克看起來有點受傷。

「也不是鳥，因為牠們有肉、骨頭和羽毛。」我說，「爬蟲類呢？還是昆蟲？」

馬修伸出一隻手搔搔頭，我的心一沉。馬修戴著手套，是去年他強迫症最嚴重的時候所戴的乳膠手套。來瘟疫屋一定讓馬修覺得很焦慮，所以他才會為了阻擋病菌而戴手套。他退步了，都是我的錯。

「噢，馬修，」我看著他的手說，「對不起，你不該來這裡的。」

但是馬修盯著他的手。

「等等，我想到了！」馬修說，「謎語的答案！」

「你解開了嗎？我就知道！」我說。

他對我露出笑容。

「根本不是動物！要想想別的東西，不是活的。」馬修說。

我絞盡腦汁，沒有肉、沒有羽毛，但有手指。現在我知道它不是活的東西，我突然覺得這很合理，而馬修已經有了答案。

「是手套！」我大喊，「沒錯！真是太聰明了。」

馬修繼續對著我微笑，我就知道他喜歡謎語。

「但是這也太蠢了吧，」傑克說，「為什麼危險的罪犯要想出這種鬼東西呢？

「這不蠢啊！」我說，「我們在拼湊線索，目前為止，所

有答案都是物品，有鏡子和船錨，現在有了手套。我們要把這些拼湊在一起，想想它們所代表的意義。」

「不過，我知道傑克的意思，」馬修說，「這真的有點奇怪，不覺得嗎？頭號罪犯會留下手寫訊息，而且任何人都找得到？」

海爾露出微笑，「大家都以為黑社會用的是高科技犯罪手法，但是這樣想就錯了，有時候就是像傳紙條這麼簡單。」海爾說，「其實我今天還從墓碑上攔截了另一個訊息。」

傑克往前一跳，搶走那張紙條。

「亮如鑽石，堅如磐石，我是碎片、方塊，也是堅硬的磚。」傑克說。

「真的嗎？這麼簡單！」馬修說。

「等等，別告訴我。」傑克說，他繼續看著謎語，嘴唇微微蠕動。我也想到了，這題不像其他的那麼難，「方塊」這個字就洩了底。

「玻璃？」傑克抬頭說。

「不，是冰。」馬修說，「它亮得像鑽石，又很堅硬，可以被打碎或做成冰塊放進飲料，也可以做成冰磚。」

「簡直是一堆鬼扯，」傑克說，「你們會相信簡直就是瘋子！」他走到房間門口，然後等了一下。

「馬修，一起走嗎？」傑克說，但是馬修沒有移動。

「不了，我待會再回去。」馬修說。

「好，你們兩個就待在這裡玩扮家家酒吧，我受夠了，我還有自己的事情要做。再會，魯蛇們！」傑克生氣的離開小屋。

「他應該不會告訴別人吧？」我對馬修說。

「不會啦，他不是會告密的人，」馬修說，「過一陣子就沒事了。」

「我想，我可以現在就轉移去安全的地點。」海爾說。我都忘了這回事。

「晚點再去不是比較好嗎？」馬修說，「現在附近太多人了，我過來的路上就見到漢娜。」

「你說得對，」我說，並轉向海爾，「我們會回來，天黑以後。就約個……午夜吧？」

我望向馬修，他現在也加入，是團隊的一員。

「你也會來嗎，馬修？」我說。馬修看看我，再看看海爾。

「當然。」他說。

CHAPTER 26

轉移躲藏地點

溜出家裡真是簡單得令我感到很意外。媽房間的燈在接近 11:00 時熄滅，過了大約十分鐘，我便聽見她輕柔的打呼聲。我擔心法蘭基會發出聲音，但是我溜出家門時，牠連頭都沒有抬起。

我在小路口等馬修，他終於在午夜 12:10 出現。他急忙跑過來，月光下的臉龐有點慘白。

「你遲到了。」我小聲說。

「我知道，我爸才剛上床睡覺，我得確定他睡著了！準備好了嗎？」馬修說。

「準備好了！」我咧嘴笑了。

我從來沒有在晚上去過墓園，這裡感覺就像另一個地方，白天的綠色、黃色和灰色都被換上了暗夜色調的深紫、黑色和棕色，但是依然很美。

我們經過七葉樹時，聽見了一陣尖銳的聲響，嚇了馬修一跳。

「什麼東西啊？」他說。

「只是一隻狐狸。」我說。

馬修深吸了一口氣後開始加快腳步，「來吧，盡快了結這件事情，」他說。我想被認為具有「間諜特質」的興奮感大概已經消失了。

「謝謝你來，馬修。」我說，「有你一起真好。不能跟其他人說這件事的感覺真是愈來愈難受。」

「我總不能讓妳自己一個人面對吧？」馬修說。

當我們抵達瘟疫屋時，海爾靠著牆，在屋外坐著等我們。

「你們來了！」海爾跳起來說，「我不確定到底幾點了，所以我想乾脆直接出來等你們。我一直在觀察月亮，很美吧？」

我跟馬修都轉頭望向天上那顆明亮的銀色球體。

「哇，好亮喔。」馬修說。月色真是令人讚嘆。

海爾將背包甩到肩上，拿起兩條捲好的毯子夾在手臂下。

「準備好了嗎？」海爾說。

「好了！」我說，「走吧。」

「記得喔，梅樂蒂，接下來就要換妳去檢查墓碑上有沒有訊息了。」海爾說。

「當然！」我說。好興奮啊！

我們在墓園裡前進，每走幾步路，馬修就會回頭查看。我不確定他究竟是擔心後面有鬼還是壞人，但他確實神經兮兮的。

「那裡沒有人啦，馬修，」我說，「放輕鬆。」他點點頭，但是我看得出來他很害怕，我想聊天應該會有點幫助。

「今天下午你都在做什麼啊？」我說，「有什麼有趣的事嗎？」我們就快走到小路了。

「也沒什麼，我看了一些 YouTube 上的影片。」馬修低聲說。我們走進連接栗樹巷的那條小路，腳底下的石頭咔啦作響。這裡有路燈，感覺沒有那麼暗了，「接著就吃晚餐，然後寫寫作業。」

「YouTube 是什麼？」海爾問。

馬修笑了一下，但他發現海爾是認真的，於是他小聲的問：「你不知道 YouTube 是什麼？」

這時候我看見有個人影，我倒抽了一口氣。

「看！是老妮娜！」我說。她將兩個牛奶瓶放在門階上，接著停下來抬頭看月亮。我們正要退回陰暗處，但是她已經轉身看見了我們。老妮娜走到院子的柵門前，把手環抱在胸前，等我們走過去。

「我來跟她說。」我輕聲說。

老妮娜穿著淡黃色套頭毛衣，藍色的胸針別在一側。我們愈走愈近，而她輪流盯著我們三個看。

「哈囉，梅樂蒂、馬修。」老妮娜說，視線停留在海爾身上，「這個時候你們在外面做什麼啊？」

「我們在做自然科學作業，」我說，「我們要，呃，做夜間觀察，觀察夜行性動物之類的。」

海爾在看老妮娜的房子——牧師宅，「我很喜歡妳的房子，看起來好像有吸血鬼住在裡面喔！」他說，並且走過去站在老妮娜旁邊，接著抬頭望著屋子。

「它的確是有點令人毛骨悚然啊，我想。」老妮娜說，「不過這就是我的家。你是梅樂蒂和馬修的朋友嗎？」

我點點頭，「是啊，他跟我們一起上自然科學課，他要住在我家。對吧，海爾？」

我大聲說出海爾的名字時，我看見他瑟縮了一下。我竟然暴露了他的身分！但是老妮娜點點頭，說：「這我就不懂了，現在的學校都在教些什麼啊，竟然有夜間觀察呢！」她說，「很高興見到你們。」

老妮娜往回走，我們也繼續前進一點，等她關上家門。

「好，走吧。」我說。

我們三個人穿過馬路走向 1 號，我從口袋裡拿出鑰匙，不太熟練的插進門鎖裡，門打開後我們都擠進玄關。我很快的把門關上，並將鑰匙放回口袋。馬修走過去，打算開燈。

「不！」我說，「不能開燈，不能讓別人知道有人在這裡。」

海爾把毯子和背包放在地上，並四處張望。屋子裡有股霉味和陳舊的味道，就像室內的空氣太久沒有流通的感覺。玄關裡有暗粉色的地毯和花朵壁紙。

「這個地方真棒，」海爾說。我跟馬修互看了一眼，海爾跑到客廳，又跑到門邊。

「你們看！這裡有超級大的電視耶！」海爾大喊。

「噓！」我說，「我媽就在隔壁！被她聽見的話一切就結束了。你不能開電視也不能離窗戶太近，不然會被看見的。」

海爾點頭。他跑到餐廳，再走進廚房，我們也跟在他身後。

「這個冰箱！」海爾用比較小的音量說，「超級大！」他打開又關上好幾次，冰箱裡面的燈一明一滅，裡面只有其中一層放了幾罐醃黃瓜。我不太懂為什麼海爾會這麼興奮，這只是個普通的冰箱。

　　「也沒有那麼大啦，」馬修說，「其實只有我家的一半大。」

　　海爾咯咯笑，說：「別開玩笑了！」

　　馬修皺著眉看我，彷彿在說「這是怎麼回事？」但是我也不知道。海爾為什麼突然變得這麼奇怪呢？也許只是到這裡比較放鬆吧？害怕被軍情八處丟下和被馬丁·史東發現一定讓他壓力很大。

　　「你還好嗎？」馬修說。

　　海爾開始咯咯笑。

　　「我沒事啊！這個地方真是太棒了！」海爾說，「謝謝你們。」

　　他就像很容易興奮的小孩。他突然跑到客廳，我跟馬修看著對方，接著跟了上去。海爾癱倒在柔軟的沙發上，手擺在頭下，腳跨在抱枕上交疊著。

　　「你知道嗎？我想我會很喜歡這裡。」海爾笑著說。

✝ ✝ ✝

　　當我終於回到床上、準備睡覺時，我仔細聆聽隔壁的聲響，我擔心海爾會打開電視或粗手粗腳的上下樓梯，如果媽聽見聲音的話，肯定會告訴查爾斯先生，海爾就會被發現，一切

也都結束了。但是就算我再怎麼努力傾聽，還是什麼都沒聽到。對其他人來說，1號依然是空屋。

那天晚上我做了噩夢，跟爸有關。我幾乎沒有做過跟他有關的夢，彷彿他從我的潛意識裡消失了，就像他從我的生活中消失了一樣。

在夢裡，我們又回到那個馬戲團表演，看著尼可拉斯·德·弗雷變厲害的魔術。表演進行到兩個人繞著水缸走來走去的部分，他們拿著掛在長桿上的黑色布幕。我看得入神，一邊慢慢吃爆米花。我往左邊看，但是位子是空的，爸不見了。

我的視線再度回到舞台上，那兩個人放下布幕，觀眾驚呼，接著開始大笑。

水缸裡沒有水，但是有人在裡面。是爸！他坐在水缸裡用手機傳訊息。

爸抬頭看我，並對我揮揮手，觀眾笑得愈來愈大聲，也紛紛轉頭看他到底在對誰揮手。他們笑得好大聲，也愈來愈瘋癲。所有人彼此交頭接耳，還用手指著我，指著這個被爸爸拋棄的女孩。

我倒抽一口氣後醒了過來，感覺臉上布滿了淚水。我深呼吸幾次，讓自己冷靜下來。

今天我完成了一項重要的任務，我成功把海爾送到安全地點；而現在，我還有另一個任務。

我得想辦法拿到那封信。

CHAPTER 27

消失的胸針

隔天在學校時，馬修在午餐時間來找我，我坐在自然科學教室後方的戶外，那裡安靜又美好。

「梅樂蒂！快來！傑克出事了！」馬修說。他因為跑步而滿臉通紅。

我抓起書包，跟著他往體育館的方向走。大門敞開，有一群人探頭探腦的往裡面張望。

「詹金斯先生這次真的氣瘋了，」湯姆說。

「我們是不是該去找老師啊？」薩米拉說。

我擠到最前面，看見詹金斯先生把傑克逼到體育館角落，對他大吼。

「你完全不懂得尊重他人，你只想到你自己，真是軟弱又可悲，聽得懂我在說什麼嗎！」詹金斯先生咆哮著。傑克畏縮著靠著牆。

「發生什麼事讓他這麼生氣啊？」我說。

丹尼爾在我旁邊，說：「傑克應該要把男生更衣室的地板拖乾淨，但是詹金斯先生抓到他坐著休息。」

「太過分了吧，」我說，並轉身朝向大家，「你們怎麼都袖手旁觀呢？」

我轉身跑向辦公室，坐在接待處的是溫徹斯特太太，是最糟的行政助理。她正在吃草莓優格，用湯匙慢慢刮著盒子邊緣。

「溫徹斯特太太！請找人到體育館！」我說，「詹金斯先生失控了！對傑克！」

溫徹斯特太太專注在她的湯匙上，說：「妳說『失控』是什麼意思啊？」她連頭都沒有抬。

「他很生氣！可以請妳馬上派一位老師過去嗎？」我說。

溫徹斯特太太繼續刮優格，「大家都在吃午餐，我不能離開座位，妳去找操場的執勤老師吧。」她說，一邊吸著銀色湯匙。

於是我前往操場，看見麥克萊小姐後朝她跑了過去。

「詹金斯先生在對傑克大發雷霆，」我喘著氣說，「他們在體育館，他失控了！」

午間執勤的老師都有帶對講機，麥克萊小姐迅速按下上面的按鈕。

「希爾先生嗎？可以請你去一趟體育館嗎？羅瑞好像出了點狀況。」她說。希爾先生是傑克以前的導師，也許這次就會有人發覺不對勁了吧？

我跑回體育館，抵達時發現人群正在消散，希爾先生已經到場了，正在跟詹金斯先生說話，他們都微笑著。無論詹金斯先生跟希爾先生說了什麼，顯然希爾先生都很同意他的說法，

傑克也不見蹤影。上課鐘聲響起，詹金斯先生又得逞了一次。

✝ ✝ ✝

我跟馬修終於在放學回家的路上追上傑克。

「你必須說出這件事，傑克，」我說，「他不能這樣對你大吼。」

「梅樂蒂說得沒錯，」馬修說，「該適可而止了，去跟希爾先生說吧，跟他說到底發生了什麼事。」

傑克搖搖頭，說：「我不會跟別人說的。」

「我們會幫你作證，」我說，「其他人一定也會的！」

「不用，我會自己搞定。」傑克說。我跟馬修互看了一眼。

傑克的鼻孔往外張，「這是羅瑞・詹金斯最後一次這樣對我，」他說，「他會後悔他所做的一切。」他跨上腳踏車後便騎走了。

「聽他這樣說感覺不太對，妳覺得呢？」馬修說。我也同意，我不希望傑克惹上更多麻煩。

我們走回栗樹巷時，傑克正在 1 號外面跟老妮娜說話。我一度擔心她在問傑克有關海爾的事，但是傑克對老妮娜搖搖頭後，便往家門走。

我緊張的走上前去，「一切都好嗎，妮娜？」我說。老妮娜的手緊握在她的面前。

「喔，嗨，梅樂蒂，」老妮娜說，「我的胸針不見了，那是我 60 歲生日時，亞瑟送給我的，妳有看見嗎？」

我知道那個胸針，是藍色的，形狀像雛菊。我們帶海爾到

1 號屋子的那天晚上，老妮娜將它別在套頭毛衣上。

「沒有耶，抱歉，妮娜。」我說。

「妳今天有出門嗎？」馬修問。

「早一點的時候我去商店買東西，我已經沿著人行道找過了，但是都沒看見。」老妮娜說，「我想它真的不見了。」她的灰色眼睛看起來泛著淚光，看到她這麼難過，感覺真是太糟了。

「要不要打電話給妳去過的商店呢，也許有人撿到並交給店家了？」我說。她的表情有了一點點起色。

「真是個好主意，我現在就去。」老妮娜說完，便趕緊回家。等她離開一段距離之後，馬修轉過頭，眼睛瞪得好大。

「到我家一下。」馬修說。他用鑰匙開門後讓我進去，接著把書包丟到樓梯上，再關起門。

「梅樂蒂，妳記得昨天晚上我們把海爾帶走時發生了什麼事嗎？還有他跟老妮娜說的話？」

我想了想。

「嗯，海爾說老妮娜的房子看起來就像裡面住了吸血鬼。」我說。

「妳有發現他當時站在哪裡嗎？他走過去，就站在老妮娜旁邊說話。」

這個我記得，但是我並不覺得這有什麼，「你想說什麼呢，馬修？」我說。

「我的意思是，他說吸血鬼和屋子的時候，只是在轉移注意力，就跟他用鵝卵石變魔術的時候一樣！他把大家的注意力

從他身上移開，然後偷了老妮娜的胸針！」馬修說。

我感覺胸口糾結，喉嚨也緊緊的。

「抱歉，梅樂蒂，但是我不認為海爾在為軍情八處工作。」馬修說，「我認為他是小偷！」

小偷！這個字就像消防警鈴一樣在我腦袋裡大聲作響。

「怎麼可能！」我說。

馬修似乎在為我感到難過，這讓我更難過了。

「我很抱歉，梅樂蒂，」馬修說，「我認為妳應該要想想，海爾可能並不是像他所說的那樣。」

我感覺雙腿發抖，幾乎要支撐不住自己的身體了，我坐在馬修家樓梯的最後一階，這簡直是最可怕的噩夢，海爾可能是個騙子，就跟爸一樣。

「梅樂蒂？妳還好嗎？」馬修說，並在我旁邊蹲下，「妳怎麼了？」

「我不能又被人騙了，馬修，不能。」我說。

「什麼意思？」馬修說，「是誰騙妳啊，梅樂蒂？」

我用鼻子和嘴巴同時大口吸氣，「我爸，」我說，「他……他騙我們，騙得很慘。」

我不想哭，但是我感覺眼淚滑落了臉頰，我趕緊將它擦掉。

「怎麼回事？」馬修問。

我閉上眼睛數到三，確定自己不會大哭後才睜開。

「梅樂蒂？」馬修說，「說出來也許會有幫助，妳知道的。」

馬修說得對，我已經糟得不能再糟了，這我倒是很確定。

「我爸是我見過最大的騙子，」我說。馬修等我繼續說，我深呼吸幾次後便開始說。

「有一次，我爸帶我去看馬戲團，裡面有個厲害的魔術師叫做尼可拉斯・德・弗雷，他是水下脫逃大師，有一段很驚人的表演是他要戴上手銬被綁在水缸裡。布幕揭開之後，水缸裡竟然什麼都沒有，他徹底消失了！簡直太厲害了！沒見過這麼棒的表演。」

馬修微微笑，沒有說話。

「魔術變完之後，表演都還沒結束，我爸就說我們該走了，所以我們就往車子移動。我爸走在我前面幾步遠的距離講電話，我聽不清楚他在說什麼，但是我很肯定他並不想讓我聽見，只要我跟上他，他就會把頭轉向一邊。」

我感覺喉嚨又一陣緊縮。

「我們到家之後，一切似乎都很正常，我開心的上床睡覺，還在想尼可拉斯・德・弗雷到底是怎麼從水缸裡脫逃的，畢竟，怎麼會有人就這樣憑空消失了呢？」我微笑說，「但隔天一切都變了。」

「變成怎麼樣？」馬修瞪大眼睛說，我又深吸了一口氣。

「隔天早上我下樓時，看見我媽坐在餐廳裡哭，手裡拿著一封信，一邊搖頭一邊說：『我都不知道，這麼多年我都不知道。』」

「我記得很清楚，地上有一團被揉皺的東西，我撿起來後發現是一張照片，我將它攤平後仔細看。照片裡是一家三口圍

坐在桌邊，有個女人坐在中間，她的大腿上坐著一個寶寶，寶寶有一頭蓬亂的黑髮，往前靠向桌上的大蛋糕。蛋糕上點著一枝蠟燭，並且用糖霜寫著：**梅西 1 歲生日快樂！**

「那個女人有黑色短髮和棕色眼睛，笑得好開心。照片看起來好快樂，被相機永遠捕捉了那一瞬間。」

我深吸一口氣，一邊顫抖，「然後我看了站在他們後面的男人，我覺得自己幾乎要吐了。那個人是我爸，他掛著熟悉的笑容，就跟出差回來見到我們的時候一樣。他的手臂環繞著那個女人，低頭笑著看寶寶。」

我安靜了一陣子，我的腿在發抖，於是用手抓住膝蓋。

「我媽手裡的信就是照片裡的女人寄的，她說我爸一直在過兩種生活，他根本就沒有出差，而是去跟另一個女人住，還生了一個叫梅西的小孩，她是無意間發現我們的。一開始她很生氣，但是後來，她要我爸決定到底要跟誰住，徹底解決這個問題。」

馬修眨眨眼。

「我完全不知道，去看馬戲團表演就像一場道別。那個女人在我們出去的時候把信交給我媽，確保她真的知道這件事，也知道爸會在兩邊做出決定，所以我媽傳訊息給我爸，跟他說她都知道了。」我閉上眼睛並吞了吞口水，「他選擇她了，馬修，他選了另一個女人。」我說，「他選了梅西，他不想要我。」

我睜開眼睛，深吸一口氣。

「隔天，我爸就從我們的生活中消失了，就像尼可拉斯·德·弗雷那樣。」我說，眼淚又冒了出來，這次我不忍了。我

哭的時候，馬修什麼話都沒說，「我永遠不會原諒他的，」我說，「所以我不喜歡騙子。」

「我真為妳難過，梅樂蒂，」馬修說，「這一定傷透了妳的心。」

我點點頭。要回想這些事情實在太痛苦了，但是說出來和大哭的感覺真好。

「還有一件事，」我說，「我爸寫了信給查爾斯先生，我去拿 1 號房子的鑰匙時看到的。」

「他寫了什麼？」馬修說。

「我只看了開頭，然後我媽就走進來了。」我說，「我說那是查爾斯先生的信，所以她就把信拿回去，查爾斯先生也沒有發現自己已經開過那封信，真是好險。我不能跟查爾斯先生要那封信，不然他就知道我到處偷窺。」

「妳怎麼不告訴我呢？」馬修說。

「我想你大概不在意吧。」我說。

馬修看起來很不好意思，我以為他會反駁，或說這都是我的想像，但是他深吸一口氣說：「妳說得對，我這個最好的朋友當得真不稱職，對不起，梅樂蒂。」

我從口袋拿出衛生紙擤鼻涕。

「梅樂蒂，」馬修說，「妳爸寄給查爾斯先生的信，我會幫妳拿。」

「真的嗎？」我說，「你要幫我拿？」

馬修點點頭，說：「而且我還知道誰可以幫忙。」

我想不到馬修指的是誰。

「是誰啊？」我說。

「凱西。」馬修笑著說，「但是我們得先跟海爾談談老妮娜的胸針。」

CHAPTER 28

騙子海爾

　　我真心希望海爾跟老妮娜的胸針無關，如果真的是他做的，那一切就結束了。我們會報警，揭發海爾的所有謊言，但是我並不知道那些是不是謊言，我還是希望他說的都是真的。

　　我們從馬修家走出來時，漢娜正把麥斯放進汽車後座的安全椅上。她向我們揮手，我們也對她揮手。我們假裝停下來在馬修家的門階上聊天，等她一離開車道，我們就越過馬路到1號的走道上。我環顧四周後快速打開大門，然後走進屋裡。

　　海爾在廚房裡，手上拿著一包打開的餅乾。

　　「太好了，是你們！」他微笑著說，「妳有找到下一個訊息嗎？」

　　發生了這麼多事情，我都忘記要去墓園查看了，「我還沒去看，」我說，「我們得先跟你談談，是重要的事。」

　　馬修把手環抱在胸前。

　　「現在連餅乾也偷啦？」馬修說。

　　海爾的臉色一沉，放下餅乾，「這是放在櫥櫃裡的，」他說，「過期了，我以為沒關係。」

馬修不理他，接著說：「你是不是拿了老妮娜的胸針？」

「什麼？」海爾說，「我不知道你在說什麼。」

「老妮娜有個珍貴的首飾在昨天不見了，是胸針，而她戴著的時候，你剛好就在現場，」我說，「海爾，間諜的事，你是不是都在騙我？」

海爾看起來十分驚訝，「我會說這種謊嗎，梅樂蒂·柏德？這就是我的工作啊！」

我的胸口有一股緊繃恐慌的感覺，爸離開後的幾個星期，我也有同樣的感覺。

「昨天你炫耀魔術技巧的時候把鵝卵石變不見了，」馬修說，「你是不是也把胸針變不見了？那是老妮娜死去的丈夫送給她的！」

「我不明白，」海爾說，「這是怎麼回事啊？梅樂蒂？」

海爾看起來很苦惱，我差點就要告訴馬修是我們弄錯了，但是我很快就克制住自己。顯然有事情不太對勁。

「我們只是有很多問題都無法得到解答，就這樣。」我說。

突然間，門鈴響了，有人在敲窗戶。我們都僵住了。

「是他！」海爾大呼，「是壞人！馬丁·史東找到我了！」

我慢慢轉身，門階上有個人影，他似乎正抱著什麼東西。

「那不是壞人，」我說。我打開門，傑克就站在我面前，他抱著一團白色、毛茸茸的東西，是那隻小狗威爾森。

「傑克！你在做什麼啊？」我說。

「讓我進去！」傑克說，「快點！」他跑進玄關，我看了看四周後把門關上，並且走到廚房，威爾森在傑克的懷裡扭

動，想要舔他的臉。

「走開……走開！」傑克說。

「傑克！」馬修說，「為什麼威爾森在你這裡？」

傑克把小狗放到地上，威爾森在我們之間蹦蹦跳跳，對著我們的腳踝嗅來嗅去，嗅完一個人再換下一個人。牠跑向海爾，往他的大腿上跳。海爾跪下來弄亂牠的毛，接著威爾森又跳向我，再來是馬修和傑克，就像一顆在彈珠檯裡彈跳的毛球。

「傑克，」我說，「拜託你告訴我，你沒有做出我正在想的那件事。」

傑克呼吸急促，看起來好像受到驚嚇。

「一切都太突然了，」傑克說，「漢娜出門了，威爾森在後院狂吠，她一定是忘記把牠關起來了，所以我就走到我家院子，把手伸過圍籬，然後就……把牠抓來了。」

「你綁架了威爾森？」我說。這隻小狗興奮到了極點，小小的臉正對著我們笑。

「其實，我認為這叫帶走而不是綁架。」海爾說。

「詹金斯先生會殺了你！」馬修說。威爾森的尾巴搖得好劇烈，連路都走不直。牠蹦蹦跳跳的跑向客廳，傑克跟了過去。

馬修望向我並挑起了眉毛，我們也跟了過去。威爾森躺在沙發上露出肚子，準備讓人幫牠搔搔肚皮。

「你們知道嗎，我覺得這是牠有史以來安靜最久的一次耶。」傑克說。他坐在小狗旁邊，開始摸牠的肚子。以傑克討厭威爾森的程度來說，他現在似乎還滿喜歡牠的。

「你現在就回家，然後把威爾森放回去，這樣就不會有人知道。」馬修說，「漢娜跟詹金斯先生都不在家。」

「但是他對我這麼壞耶，他活該，他可愛的小狗不見了就是懲罰。」傑克說。

「你沒想清楚吧！」我說，「牠很快就會開始亂叫，到時候你就會被發現了！海爾怎麼辦？我們不能冒險讓大家注意到這間房子，你必須把牠放回去！」

傑克看看我，再看看海爾，「妳該不會還在相信這傢伙的鬼扯吧？」傑克說，「他是個騙子，梅樂蒂，為什麼妳就是看不出來呢？為什麼你們兩個都看不出來？」他生氣的看著我們，「你們都知道老妮娜的胸針不見了吧？不見的那天他剛好來到這裡，這是巧合嗎？」

「你來之前我們也在探討這件事，」我說，「偷走威爾森只會讓你的處境更糟，傑克，帶牠回去吧，沒有人會知道的。」

傑克帶著憤怒的表情繼續撫摸威爾森，「好吧，」他說，「但我可不是為了他，他是個說謊的小偷。」

海爾什麼都沒說。傑克起身抱起威爾森，威爾森馬上流著口水在他的臉頰上舔了一口。

「呃，別這樣，你這隻笨狗，快樂時光結束了。」傑克說。

但是馬修搖搖頭，他站在客廳窗邊往外看。

「來不及了，」馬修說，「你看。」

我們透過紗簾往他身後望去，詹金斯先生正走在他家的走道上，開門進屋。

威爾森只能暫時留下來了。

CHAPTER 29

救救傑克

　　既然詹金斯先生回家了，傑克也不可能把小狗放回去，他遲早會發現小狗不見了。傑克坐下，威爾森窩在他的大腿上。

　　「現在該怎麼辦？」馬修說。

　　海爾走到廚房，拿著剛才那包餅乾回來，說：「有人想吃餅乾嗎？」他將餅乾遞向我跟馬修，但是我們都搖搖頭，於是海爾便走向坐在沙發上的傑克。

　　「要來一片嗎，傑克？看起來很好吃耶。」海爾說。

　　「現在不是喝茶吃餅乾的時候吧？」傑克說。威爾森嗅了一下餅乾後離開傑克的大腿，跳到海爾的腿上。海爾拿了一片給威爾森，牠幾乎整塊吞下。

　　「不要給牠吃那個！」傑克說，「糖對狗狗不好，你都不知道嗎？」

　　「噢，抱歉。」海爾說。他自己則拿了一片餅乾來吃，碎屑掉在地毯上，威爾森馬上開始舔。

　　「威爾森！過來這裡！」傑克說，「不要吃餅乾！」

　　威爾森抬頭看傑克，接著蹦蹦跳跳的走過去，回到他的大

腿上。

「我有問題想問你，海爾，」傑克說，「你看起來根本還不到可以開車的年紀，要怎麼當間諜呢？如果你真的是間諜，那你的隊友呢？你要聯絡誰？為什麼你都沒有跟其他人聯絡？為什麼你要找小孩子來幫你？」威爾森在傑克的大腿上繞圈，小爪子搭在他的肩膀上，接著在他的臉上舔了一大口。

「呃，威爾森！」傑克說，「別舔了！」

「事情我都跟梅樂蒂解釋過了。」海爾說。

「好，那再跟我解釋一次。」傑克說。

海爾不耐煩的吸了一口氣。

「這有點難，因為我得小心選擇該告訴你什麼。軍情八處在英國境內有很多任務，總部離這裡不遠……你還好嗎？」

傑克的臉有點泛紅，他用袖子抹抹額頭。

「沒事，」傑克不太友善的說，「我很好。」

「好吧。他們是打擊犯罪的組織，並不知名，因為他們並不想被人知道。我的所屬單位華里塔分部正在試圖逮捕馬丁·史東，也就是我跟你提過的罪犯。他是竊賊要犯，已經在逃好幾年了，但是在前幾週……你真的沒事嗎？你看起來一點也不好耶。」海爾說，並往傑克靠近了一步。

傑克的臉現在紅通通的，眼睛也開始流淚。他抱起腿上的威爾森，慢慢站了起來。

「傑克，你怎麼了？」我說。我發現他的嘴唇開始腫脹。

「他過敏了！」我大喊。

馬修一把抓起海爾手上的餅乾，尋找成分標示。

「裡面有堅果，你這個笨蛋！」馬修說。

「可是他沒吃啊。」海爾說。

傑克用手抓著喉嚨試著吞口水，看起來嚇壞了。

「帶他回家！」馬修說，「他媽媽有腎上腺素注射筆。」馬修的手臂環繞著傑克的肩膀，帶他走到玄關。我趕緊跟上並開門，一起帶傑克走下門階。

我們走到人行道上，威爾森繞著我們邊跑邊叫。1 號的門關上了，而 7 號的門在這時候打開。

「你想對我的狗做什麼！」詹金斯先生在巷子邊對我們大吼，我跑到傑克的另一邊幫馬修一起扶著他。

「沒事的，傑克，有我們在！」馬修說。詹金斯先生怒氣沖沖的跑過來，一把抱起威爾森。

「詹金斯先生！叫救護車！他過敏發作了！」馬修說。

詹金斯先生不理會他，然後把臉湊到傑克面前。

「是你搞的嗎，畢夏？你到底有什麼毛病？」詹金斯先生說。

「詹金斯先生！」我呼喊，傑克的重量讓我差點跌倒，「請你找人幫忙！」

「不要跟我扯那一套，」詹金斯先生用輕蔑的表情看著我，「看他那個樣子！根本就是裝的，過敏的戲碼演不膩啊？」

傑克開始發出怪異的喘息聲，我看見詹金斯先生動搖了一下，但是他什麼都沒做。接著我看見馬修的媽媽席拉出現在他身後。

「媽！」馬修大喊，「傑克需要腎上腺素注射筆！去找蘇，

趕快叫救護車！」

席拉拔腿狂奔，從後口袋拿出手機，邊跑邊喊：「我聽到了，羅瑞·詹金斯！我都聽到了！」她大吼，「漢娜的臉都被你丟光了，聽到沒有？丟臉！」

我看著詹金斯先生的喉結在緊繃的喉頭上不斷起伏，接著他退開、走回家。

席拉猛敲5號的門，蘇一臉擔憂的出現。她轉身跑進廚房，很快就拿著一個塑膠夾鏈袋跑了出來。傑克正發出可怕的喘氣聲，眼睛不斷流淚。我們才剛走到他家的車道。

「媽？」傑克用沙啞的聲音說。

「沒事的，我來了，親愛的別擔心。」蘇說。她從袋子裡拿出一個圓筒狀的東西並打開上面的藍色蓋子，看起來就像一枝很大的筆。席拉正用手機跟急救人員通話。

「把他放到地上。」蘇對馬修說，傑克也快要倒在地上了。他靠在家門外的牆壁上，蘇跪下來後，把那枝筆用力往傑克大腿的褲子上戳，發出了很大的咔拉聲，我們看著她握住筆維持了幾秒。

蘇撥了撥傑克的頭髮。

「注射筆開始發揮作用了，親愛的。」蘇說，「你不會有事的，救護車就要來了。」

「還好嗎，蘇？」媽也從家裡跑過來。

傑克的模樣太可怕了，他的眼睛浮腫、臉頰紅紅的，嘴脣也非常腫，完全不是他原本的樣子了，但是傑克的呼吸開始變得順暢。

馬修站在我旁邊，他的手在顫抖。

「你太棒了，馬修，」我靜靜的說，「真以你為榮。」我們都在發抖。

「他知道，梅樂蒂，」馬修說，「他知道傑克會過敏。」

我瞪著馬修，他說得對，海爾的確知道傑克會過敏，我們在瘟疫屋的時候，他還說是「嚴重過敏」。

「所以？你的意思是？」我悄悄的說。我聽見遠方傳來警笛聲，救護車要來了。老妮娜在窗前看見了這一切，查爾斯先生也牽著泰迪走出來，凱西也在他旁邊，他們走過來跟席拉站在一起。

「我想海爾可能不只是個小偷，」馬修繼續說，「我想他可能在背後操弄了所有事情。威脅要報警的是傑克，問他一堆問題的也是傑克，還有，妳記得他有多熱情的請大家吃餅乾嗎？」

我感覺糟透了，「可是傑克沒有吃啊，」我說，「這不是海爾造成的。」

「對，不是他，但是威爾森吃了不是嗎？然後牠舔了傑克的臉。」馬修說，「我認為海爾想盡辦法要傷害傑克。」

我隨著馬修的視線望去，看見海爾的身影慢慢離開窗邊。他說的實在太可怕了，這應該不是真的吧？

「梅樂蒂，」馬修說，「我覺得海爾‧文森是個危險人物。」

CHAPTER 30

獨自查案

救護車抵達時，媽跟查爾斯先生還有席拉都站到一邊刻意小聲交談，並望向詹金斯先生家，他進去以後就沒有再出現了。

救護車載傑克和蘇去醫院，鄰居們也都各自回家了。我跟媽一起回家時，她把手搭在我身上。

「妳跟馬修真是勇敢，」她說，並摟了我一下，「可憐的傑克，他一定嚇壞了。」

我覺得好想哭，一切都發生得好快。媽關上門，法蘭基跑來玄關迎接我們，我拎起牠，將牠抱在懷裡。

「席拉說羅瑞·詹金斯不相信傑克不舒服，」媽說，「還對他說了很多難聽的話啊？」

我點點頭。

「對，他對傑克大吼，他真的對傑克很不好，媽，」我說，「已經好一陣子了，他在學校都會找他麻煩。」

媽皺起眉頭，「好吧，」她說，「等蘇有空，席拉會去找她說這件事，也會跟學校說，我想我得跟漢娜談談。」

真是好消息，詹金斯先生的霸凌行為終於要被揭發了。

晚上 10:00 左右，我收到馬修的訊息說傑克還在醫院，但是蘇傳了訊息給他媽媽，說傑克已經好轉了。

我回訊息說我很高興傑克沒事，馬修接著回覆：

馬修

> 我們必須跟警察說海爾的事，不管是老妮娜的胸針還是傑克的事情都有太多疑點了，這件事已經鬧得夠大了。

我盯著手機，不斷回想海爾請大家吃餅乾的情況，那時候他真的想傷害傑克嗎？我打字回覆：

梅樂蒂

> 小馬，老妮娜的胸針不見，可能的原因很多，我很肯定傑克的事情是意外。

片刻之後，馬修的回答出現在螢幕上：

馬修

> 有多肯定？百分之百？

他說得對，我無法百分之百肯定。但我還是不認為那個待在瘟疫屋、變魔術給我看，又請我幫忙調查犯罪案件的男孩想

傷害傑克。我還是很希望他真的是間諜，也沒有對我說謊。

　　要知道真相只有一個辦法，我可以試著追查馬丁·史東的案子，找到那條遺失的項鍊，到時候我們就能確定了。

 梅樂蒂

> 我們可以去報警，但是我需要先解開案件，
> 再等一下好嗎？拜託？

　　我又盯著手機看了二十分鐘，但是馬修沒有回覆。

　　現在可能就有一張謎語正等著被發現，我一定要盡快過去。時候不早了，媽一定不會讓我去墓園，我得晚上再過去一趟，不過這次我會自己一個人去。

　　聽見媽上床睡覺之後，我又等了二十分鐘才爬起來。我披上浴袍後躡手躡腳走下樓，這次被法蘭基聽見了。牠起來查看，爪子敲打在廚房地板上發出了聲響。牠一看見我就開始搖尾巴，牠才剛醒，正不斷眨眼。

　　「回去睡覺，法蘭基，」我摸摸牠的長耳朵說，「現在不是散步的時候，我很快就回來。」

　　牠坐下來盯著我，我迅速穿上運動鞋並拿起邊桌上的鑰匙，開門踏入漆黑的夜晚。

　　墓園比起上次跟馬修一起來找海爾的時候還要暗，天上有很多雲，沒有月光可以照亮路徑。我看著周圍冰冷又暗灰的墓碑，真希望我的手上有那支借給海爾的手電筒。陰影左右搖擺，我一度想像那是死人的陰影，祂們在夜晚出來並且在墓穴

前跳舞，又在天亮前回去，我的身體不禁發抖。

「別這樣想，梅樂蒂，」我告訴自己，「走吧，妳還有重要的事要做。」

較新的墓地裡，白色墓碑映著月光發出了光芒，似乎在歡迎我，我加快腳步，趕到馬丁‧史東留下紙條的墓前，也就是他幫死去太太澆玫瑰花的地方。我時不時就會回頭確認，我感覺自己正被人監視，但是每次回頭，我都沒有看到人影。

我停在墓碑前面，這就是我第一次見到馬丁‧史東時他所站的地方，那時他撐著一把紅色雨傘。墓碑上寫著：

真奇怪，她不姓史東，也許是因為她沒有冠夫姓？我查看墓穴，找到了紙條，就塞在墓碑跟泥土之間。我拿起它，拍去泥土後開始讀。

做的人不想要它，
買的人沒有用它，
用的人不知道它。

我無法理解。我讀了三次，確保自己確實記下後便將它放
回原處。

CHAPTER 31

打敗詹金斯先生

　　隔天是星期五，媽弄了一堆吐司，並在桌上擺出茶、奶油、果醬、蜂蜜和柑橘醬。我不發一語的坐下，拿了一片吐司。

　　「早安啊親愛的，」媽說，「妳還好嗎？」

　　「早安，」我說，「我很好。」

　　媽在我對面坐下，我打了一個大呵欠。

　　「蘇傳訊息說他們一早就從醫院回來了，」媽說，「傑克累壞了，但現在已經好多了。她還說他們回家後第一件事，就是要去學校說詹金斯先生的事。」

　　終於，他的報應要來了。

　　「妳知道是什麼讓傑克過敏的嗎？」媽說。我抬起頭，她看著我，並放下裝茶的馬克杯。

　　「應該是他吃到的東西吧，我猜。」我說。我在吐司上抹奶油，然後切成三角形。

　　媽拿起馬克杯啜飲一口，她盯著我，我吃了半片吐司後便站起來拍掉制服裙上的碎屑。

　　「梅樂蒂，在妳出門之前我有話要跟妳說。」媽說，「有

人出價要買我們的房子了，價錢很不錯，我也決定要接受。」

我的胃一陣緊縮，我沒有回話。

「我知道妳不想搬家，」媽說，「但就像我說的，現實情況就是我們無法負擔繼續住在這裡的花費。」

「妳怎麼可以這樣對我，媽？」我說，「爸騙了我們，讓我們這麼傷心，現在妳竟然也騙人！」

媽搖頭，說：「我沒有說謊，梅樂蒂。」

「有事情卻不告訴我就是說謊，而且還是這麼大的事！」我說。

媽低頭看著她的茶，說：「對不起，梅樂蒂，我只是想做對我們來說最好的安排。」她看起來真的很難過。

「如果妳想做對我們來說最好的安排，那為什麼不找爸幫忙？他離開以後不是一毛錢都沒付過嗎？」我說。

媽搖頭，「我不要他的任何東西。」她說，「他已經做出決定了，他再也不是這個家的一分子了。」

我想起查爾斯先生家的那封信，馬修說他會幫我拿，如果他真的拿到了，那我就要自己跟爸聯絡。

「我上學要遲到了。」我說，我沒看媽一眼，就離開了廚房。

+ + +

我到學校時，教職員停車場聚集了一群學生，大家都舉著手機在拍攝。

「妳寧願信他也不相信我？這太荒唐了吧！」是詹金斯先

生，他正大聲的對校長摩爾太太說話。我看見馬修也在那裡，他跟大家保持了一點距離，於是我走過去找他。

「發生了什麼事？」

「蘇正式投訴了詹金斯先生，我媽也告訴他們，她聽見詹金斯先生說的那些話。」馬修說，「摩爾太太在辦公室跟詹金斯先生談，他顯然是失控了。學校要求在調查期間，詹金斯先生必須先離開，但是他才走到停車場而已。」

摩爾太太伸出手，看起來就像在勸一隻發怒的熊冷靜下來。

「詹金斯先生，」摩爾太太說，「我想在這裡討論此事並不適當，對吧？請你理智一點。」

「理智？妳寧願相信一個小孩的話也不願意相信我！」

有人指著停車場另一頭的行政處櫃檯。

「看！是傑克！」

傑克跟他媽媽從大門走出來，他沒穿制服，我想他應該請假了，畢竟他昨天大病一場。詹金斯先生的手直直指著傑克。

「啊，他來了！小演員本人呢，又要來演戲了嗎，畢夏？又要來說更多的謊嗎？」

「詹金斯先生！這真的不是教職員該有的行為。」摩爾太太大聲說。

詹金斯先生氣得滿臉通紅，「如果是這樣的話，那我不幹了！」他說。

人群發出驚呼，這是真的嗎？詹金斯先生真的辭職了嗎，就在此時此地？我們都用難以置信的表情互看對方，接著有人

開始拍手。一開始聲音很小，但是有人跟著一起拍手，接著又有另一個人，然後又一個人。沒多久，站在那裡的每一個學生都開始拍手，還有少數人發出歡呼聲。我望向站在路上的傑克和蘇，他們也看向詹金斯先生。

詹金斯先生一動也不動，他瞪著大家、下巴垂了下來。他搖搖頭後便氣呼呼的離開停車場，好戲結束。

鐘聲響起，摩爾太太走過去跟蘇說話，傑克來到我們身邊。

「嗨，傑克，你還好嗎？」我說。他的皮膚蒼白，有一塊又一塊的紅疹，眼睛也還是腫腫的，但是看起來比昨天好多了。

「我還好。」傑克說。

「詹金斯先生這樣，真是個好消息對吧？」我說。

「是啊，他肯定不會繼續在這裡任教了，發生這種事可能也沒辦法到其他地方教書了。」馬修說。

傑克看起來很累，並沒有開心的樣子。

「你今天請假嗎？」我說。

傑克點點頭。

「對，我們要再去看醫生，我媽擔心我是對其他不知名的東西過敏。」傑克說，「我說我沒有吃任何東西，所以不曉得為什麼。」

我看著馬修，他也看著我。

「傑克，海爾給你的餅乾裡有堅果。」馬修說。傑克皺起眉頭。

「可是我沒有吃啊。」傑克說。

「是沒有，但是威爾森吃了一片之後舔了你的臉，你記得嗎？」馬修說，「這應該就是你過敏的原因。」

傑克思考了一下，接著瞪大眼睛，「等等，他知道我會過敏，但還請我吃餅乾！」他說。

「這不是海爾的錯，」我說，「他沒理由傷害你啊！」

傑克生氣的看我，說：「妳確定嗎？」

「我當然確定！」我說，但是傑克看起來並不認同，「我不認為他是故意做這種事的，」我說，「我們欠他一個解釋的機會，不是嗎？」

「我可沒欠他什麼，」傑克說，他望向他媽媽，她正朝著這裡走過來，「我要走了，明天墓園大清掃之前我要去找他說清楚，」傑克說，「如果海爾沒辦法提出讓我滿意的說法，那他就死定了。」

CHAPTER 32

憤怒的傑克

隔天是星期六，媽起得很早，我走進廚房看見她穿著舊 T 恤和髒髒的瑜伽褲，頭上還綁了頭巾。桌上有兩個裝工具和園藝手套的帆布袋，旁邊還有一個大塑膠盒，裡面是從咖啡店帶回來的布朗尼。

「早安啊，親愛的，我想弄一頓豐盛營養的早餐，為墓園大清掃儲備體力。」媽說，一邊把香蕉切片後放進兩碗什錦麥片裡，「妳睡得好嗎？」

「還好，」我騙她，我覺得自己似乎一夜沒睡，都在擔心傑克去找海爾的時候會怎麼對付他，希望我當時可以在場，這樣就可以幫忙打圓場。

我拿起麥片，坐在餐桌前。

「媽，我今天一定得去幫忙嗎？」

媽皺眉，說：「說這什麼話呢？怎麼啦，梅樂蒂？」

「我不想去。」我說，一邊用湯匙刮起什錦麥片。

媽坐到我的對面，「但是我們已經跟查爾斯先生說我們都會去了，」她說，「別讓他失望。」我感到一陣糾結。

「妳可以自己去啊。」我說，沒有看她。

媽沉默了一陣子，「妳怎麼了，梅樂蒂？」她說，「是因為搬家嗎？我知道妳不好受，但是妳知道，妳可以跟我說。」

其實是因為海爾，還有爸的信跟搬家，現在又多了傑克，根本就是所有事情混雜在一起造成的。我感覺媽正在看我。

「為左鄰右舍貢獻心力不是很好嗎？」媽說。

「什麼左鄰右舍？」我大聲說，「妳想搬家耶，記得嗎？妳根本就不想再待在這裡了！」

媽嘆了口氣後站起來，「我希望妳今天來幫忙，梅樂蒂，我們已經答應了，」她說，「查爾斯先生希望我們兩個都能去。」

「好吧，」我生氣的說，「我去就是。」

「很好，我們在那邊見。」媽說，「別太晚來，我先帶法蘭基出去。」她走到玄關，法蘭基聽見牽繩的聲音便跟了上去。他們關上身後的門，我把早餐留在桌上並跑上樓換衣服。

我從門上的小窗往外看，確定沒有人後便快速走出家門，踏上 1 號的走道。

「海爾？你在嗎？海爾！」我大聲呼叫。我走到客廳，海爾躺在沙發上、蓋著毯子。

「梅樂蒂？」他用沙啞的聲音說，接著坐起來揉揉眼睛，「傑克還好嗎？」

「他現在沒事了，」我說，「你給威爾森吃的餅乾裡有堅果，然後威爾森又舔了傑克的臉，讓他過敏發作。」

「噢不，太糟了。」海爾皺眉說，「他沒事吧？」

我在他說話時仔細觀察他，「沒事，但是當時真的很嚴重。」我說，「海爾，你知道傑克對堅果過敏嗎？」

　　海爾的額頭冒出幾道皺紋，「不知道，妳說過他會過敏，但是沒說對什麼東西過敏。我好像應該要先確認成分的，對不起，梅樂蒂‧柏德。」

　　他看起來是真的很難過。

　　「嗯，幸好他現在沒事了。」我說，「但是馬修和傑克認為，你是故意讓傑克吃餅乾的，我想他們會把你的事情告訴別人，除非你能證明自己真的像你所說的那樣。」

　　海爾坐得更直了，他現在完全清醒了，「可是我已經證明過了啊，」他小聲說。他屈起膝蓋，然後用雙手環抱著，「我跟馬修說過軍情八處想僱用他，妳不是相信我嗎？」

　　我看著這個坐在沙發上、披著毯子的傷心男孩，當我吞口水時，覺得自己的喉嚨好乾。

　　「我……我現在不確定了。」我說。

　　門鈴響起，海爾跳了起來，「是誰？」他說，他看起來害怕得全身僵硬。

　　「是傑克跟馬修，」我說，「你必須說服他們才行，不然一切就完了。」

　　我跑去幫他們開門，傑克怒氣沖沖的走過我身邊。

　　「他在哪裡？」傑克大聲說，接著走進客廳。我跟馬修趕緊跟過去。

　　「我們就來徹底了結這件事吧，」傑克說，「該弄清楚你到底是誰了。」他一把抓起海爾的背包。

「不！」海爾說，他踢掉毯子跳了起來，「還給我！」

他抓住一條背帶並用力拉扯，但傑克又把背包搶走，並且拉開拉鍊。

傑克倒出背包裡的所有東西，東西掉落，並堆在地毯上。我看見剛遇到海爾時他穿的那件紅色羊毛針織外套、梳子、手電筒、馬修的望遠鏡，還有一個白色信封。

我撿起信封，是鎮公所寄來的，正面印著姓名與住址。

華里塔 408 號
H・文森 收

是華里塔！這封信一定是寄到軍情八處總部的！海爾說的都是真的！真的有軍情八處！

「你們看！是華里塔！」我說，「看吧，他說的是實話！」但海爾一把搶走我手上的信封。

「那是我的東西！」他說，並把信封塞進牛仔褲口袋。

傑克突然跪下開始翻地上的東西。

「就從你的東西開始。」傑克說，並將望遠鏡交給馬修。

「這是梅樂蒂幫我拿的，」海爾說，「不是我偷的！」

「他說得沒錯，傑克，是我借的。」我說，但是傑克不理

我。海爾試著用虛弱的力道搶回一些東西，但是傑克毫不費力的就將他推倒在沙發上。

「我不懂，」海爾說，雙手緊緊環抱著自己，「我是特務海爾‧文森，不是罪犯！」

他看起來好傷心。

「夠了，傑克。」我說，「你讓海爾很難過。」傑克把東西丟到旁邊。

「啊，這才對，這是從哪裡偷的？」傑克拿起海爾的電子錶，海爾瞪大眼睛，呼吸變得急促。

「還給我。」他說。

傑克對著他揮揮手錶，說：「這是從毫無防備的可憐人身上偷的對吧？你真噁心！」

他們都停了一下，接著海爾突然撲向傑克手上的手錶，傑克迅速將手錶換到另一隻手上並揹在背後。

「好了啦，傑克，」馬修說，「夠了吧？」

但是傑克不聽，他把手錶放在背後，只要海爾過來搶，他就換到另一隻手。

「住手，傑克！」我說。海爾試著奪回手錶，看起來愈來愈絕望。

「不是你想的那樣！」我大聲說，「這是軍情八處的東西，是通訊裝置。」

傑克停下來看著手裡的塑膠手錶，「開什麼玩笑，」他說，並仔細查看，「只是個便宜的爛貨。」

「才不是爛貨，那是我媽媽給我的！」海爾大聲說。他跳

向傑克，但是手錶飛到了空中，砸在牆壁上。

「不！」海爾呼喊。他跪在地上看著那些碎片，接著開始發狂似的撿起每一塊玻璃和塑膠碎片，有的小到幾乎看不見。當他撿完後，便將它們捧在手裡開始哭泣。

我張著嘴看他。

「海爾，你還好嗎？」我說。

我望向傑克和馬修，他們看起來也跟我一樣不解。

「海爾，你說的是什麼意思？那隻錶是你媽媽給你的？」我說。

海爾低著頭，靜靜啜泣。

我望向馬修，「你們先離開吧。」我說。

傑克看起來也對海爾的反應感到震驚，但是他並不打算就此罷手。

「他說謊，」傑克小聲說，「每一件事都說謊。」

「走吧傑克，」馬修說，「梅樂蒂說得對，我們就先這樣吧。」

他們轉身離開客廳，我聽見前門靜靜關上的聲音。

我慢慢將海爾的東西裝回他的背包。我摺好他的紅色針織外套放在最底部，再放上他薄薄的長褲、內褲和襪子。我把馬修的望遠鏡放在一旁，繼續收拾其他東西。

「好了，」我說，「東西都收好了。」

我看著這個蹲在地上、抱著膝蓋哭泣的男孩。

「海爾，你還好嗎？你嚇到我了。」我說。

他緩緩抬起頭，眼周都紅紅的，臉頰也髒髒的。他看著我，

可是表情很困惑，彷彿剛從一段長眠中甦醒過來。

「我……我……」海爾結結巴巴的說。

我跪在他旁邊，抓著他的手臂。

「拜託告訴我到底是怎麼一回事。」我說。

海爾對我眨眨眼，他已經不哭了。他吞了吞口水，接著緩緩的深呼吸。

「我不知道我是誰。」他說。

CHAPTER 33

墓園大清掃

　　一開始，我以為海爾在講奇怪的笑話，所以我等了一下，以為接下來會出現某個笑點。但是海爾只是盯著我，他在等我回話。

　　「什麼意思？」我說，「你是特務海爾·文森啊，你在為軍情八處的華里塔分部工作。」

　　但是海爾依舊盯著我，一臉困惑，然後低頭看著破碎的手錶。

　　「我想你應該是嚇到了，你最近壓力非常大，深呼吸好嗎？穩定的、慢慢的深呼吸。」

　　我的手機發出嗶嗶聲，我趕緊從口袋裡拿出來，是媽。

 媽

> 梅樂蒂，妳在哪裡？
> 大家都到了！

　　「聽著，我得先離開了，但是幾個小時後我會再過來看

你，好嗎？我找到謎語了，在墓碑旁邊，我們可以試著解開它。然後，也許我們就可以解決案子、找到翠鳥項鍊，這樣就可以向馬修和傑克證明你說的一點也沒錯！不錯吧？」

海爾照著我說的那樣深呼吸，但是沒有說話。

「我會盡快回來，」我說，「試著放輕鬆好嗎？」

海爾點點頭。我猶豫了一下後站起來走向前門，快速閃到門外接著穿越巷子。這次我不害怕會被人看到，因為大家都去墓園了。

「大家」指的是除了詹金斯先生以外的所有人，我到那裡時並沒有在準備清掃的人群中看見他的身影。我們總共有大約十五個人，其中有幾個人住在附近的街道，而不是栗樹巷裡。

我看見漢娜把小麥斯揹在胸前，他發出咯咯聲並不斷踢動小腳丫，威爾森綁著牽繩在她的腳邊繞圈狂吠，而漢娜正專注的跟馬修的媽媽席拉交談。席拉不斷點頭，並搓揉著漢娜的手臂。

媽對我揮手，我也對她揮手。然後我走過去站在馬修和傑克旁邊。

「剛剛到底是怎麼一回事？」馬修說，「他變得好奇怪喔。」

「那當然了，傑克把他的手錶砸碎了不是嗎？」我尖銳的說，「那隻手錶對他的任務真的很重要。」

「他的任務？」傑克說，「拜託，梅樂蒂，他有事瞞著我們！」

我沒有回答。沒有時間了，傑克或馬修不會再保守祕密

了，我跟海爾得快點解開案件。

老妮娜出現在我們旁邊，天氣很暖和，她的手上掛了一件外套。她穿著紅白圓點洋裝，亮晶晶的藍色胸針就別在一邊。

「哈囉，妮娜，」我說，「妳找到胸針了！」

我望向馬修與傑克，並對他們挑眉。

「是啊，真讓人鬆了一口氣！我聽了妳的建議，梅樂蒂，我打電話到好幾間店去，有人把胸針交給報攤了，就是有這麼好的人，對吧？」她露出微笑後便走去幫布萊恩準備擺放點心用的桌子。

我轉向傑克，「看吧，」我說，「我就說海爾跟這件事沒有關係！」

傑克聳聳肩，說：「好吧，也許他沒有拿胸針，但他肯定在搞鬼。」

「欸，梅樂蒂，妳聽說詹金斯先生的事了嗎？」馬修說，我搖搖頭，「他離開了，我媽去找漢娜談過，他把自己的東西都帶走了，也許不會回來了。」

「可憐的漢娜跟小麥斯，」我說，「希望他們的狀況還好。」

讓我驚訝的是，漢娜竟然對傑克揮手，當傑克走過去後，漢娜將威爾森的牽繩交給他，於是傑克還有跟在他腳邊的威爾森一起回來了。

「我告訴她，今天可以幫忙照顧威爾森，她大概忙不過來，因為要照顧小寶寶之類的。」傑克說。我看著馬修，他露出了笑容。傑克彎腰在威爾森的頭上亂摸一通，牠喘氣時，嘴

角吐出了粉紅色的舌頭。

查爾斯先生牽著泰迪走到大家前面，凱西坐在他們身後的地上，腿上放著一本書。

查爾斯先生清清喉嚨，說：「大家好，在開始之前，我有幾件事情要說。首先，感謝各位前來幫忙，能在這裡見到大家一起為社區做事真的非常棒。」

「如果大家不介意，我會幫你們分組，一組可以從牧師宅後方開始，妮娜想請大家幫忙清理那些攀過圍牆、長到她院子裡的荊棘。」

「交給我們。」一位住在另一條街的女人說。

「謝謝！」查爾斯先生說，「那入口的常春藤可以交給蘇、克勞蒂亞跟漢娜嗎？布萊恩，可不可以請你除一下七葉樹周圍的草呢？」

「沒問題。」布萊恩說。

「梅樂蒂、傑克跟馬修，你們可以從那裡開始清理嗎？」查爾斯先生指著瘟疫屋附近最舊的一區墓地。

「查爾斯先生，」老妮娜小聲說，「要不要為小動物保留一些墓地呢？我們應該不用把昆蟲和其他動物都趕跑吧。」我露出微笑，她說得對，墓園總是充滿蝴蝶、大黃蜂和蚱蜢。

「當然，」查爾斯先生說，「可以的話把步道清理一下，讓大家走過去時不會被刺到就好。」

老妮娜面帶微笑。

「妮娜貼心的幫大家準備了點心，所以記得隨時回來喝杯茶或咖啡。」查爾斯先生說，「泰迪、凱西跟我會帶手推車去

找你們並收集修剪下來的枝葉。」

一聽到有重要任務，泰迪便開始跳上跳下，凱西則是專心看書沒有抬頭。

「謝謝大家！」查爾斯先生說，「非常感謝大家來幫忙墓園大清掃。」

大家散開來前往指定的清掃地點，蘇把裝了工具和兩雙園藝手套的帆布袋給我和傑克，馬修早已戴上一雙新手套了。這時，馬修突然跑向凱西，她已經站起來，並用手臂夾住書本。馬修蹲在凱西面前跟她說話，凱西則是越過他的肩膀不高興的看著我，再看看馬修，然後回了他一點話。他們一定在講爸的那封信！一定是這樣！

馬修走了回來。

「你在做什麼啊？」我說。

「我只是在想辦法幫妳拿到那封信啊，就這樣。」馬修說。

我露出微笑，馬修真的要幫我耶！

我們前往要清理的地方，威爾森橫衝直撞，把傑克朝各個方向拉扯，不願意放過任何可以到處嗅呀嗅的機會。

我跟馬修經過了水龍頭。

「我在思考妳跟海爾的事，」馬修說，「梅樂蒂，妳有沒有想過，妳想要相信海爾說的是實話，只是因為真相讓人太……痛苦嗎？」

「什麼意思？」我說。

馬修咬著下脣，一邊思考該如何解釋。

「妳告訴我關於妳爸的事，還有他是怎麼騙了妳跟妳媽這

麼多年，我想妳可能是太希望海爾說的是真話，所以看不清楚現實。我在想，妳是不是有點……呃……太好騙。」

我想了一下。

「我不知道。」我說，用這種角度看這件事讓我有點困惑，「也許這跟我爸無關，也許是因為我選擇看見別人的好，我也喜歡給別人機會。」

馬修安靜下來，我們沉默的走了一段路。

「來吧，」馬修說，「開始吧。」

我們加入傑克，他站在高高的雜草旁邊，這時候草動了起來，威爾森突然從中冒出，白色的毛沾滿了許多綠色種子。

「該怎麼做啊？」傑克說。

「應該是把一些步道清理乾淨吧。」我說。我彎腰拉住一條常春藤，一邊拉扯一邊順著藤蔓走，這條藤蔓沿著步道蜿蜒至某個墓穴，並緊緊纏繞在一個已經看不清楚的墓碑上。小小的吸盤從莖上長出、抓緊著墓碑不放。我用力拔，終於把它拔了下來，我把這條藤蔓丟到滿是塵土的步道上。

馬修站著看我，大概是在擔心細菌所以不想太靠近墓穴。

「你把雜草和常春藤剪短一點如何？這樣查爾斯先生會比較好收集。」我說，我從蘇剛剛遞給我的帆布袋裡拿出園藝剪刀。

「好。」馬修說，並接過園藝剪刀。

我扯掉更多常春藤，傑克也過來幫忙，我們捧著幾綑長長的藤蔓丟給馬修。傑克把威爾森的牽繩纏在手上，時不時就蹲下摸摸小狗。

我在清理的時候想了想馬修剛剛說的話。

「傑克，你覺得我很好騙嗎？」我說。馬修看了我一眼，傑克則是哼了一聲。

「應該吧，」傑克說，「妳是很特別啦，梅樂蒂，我想我應該很難再遇到像妳這樣的人。」

我停下來、雙手杈著腰，說：「這是什麼意思啊？」

傑克轉過來面對著我，並用手背抹抹額頭。

「不知道耶，妳有時候有點……奇怪。」

我不太高興，準備爭辯一番。

「但是妳人也很好，還很為人著想，這些加在一起就是奇怪的意思。」

我對傑克皺起了眉，他瞄我一眼後，很快又看向別的地方。

「就像那天數學課，」他說，「妳站起來說橡皮擦是妳丟的，大家也都開始仿效，那就是梅樂蒂・柏德會做的事啊。」他開始笑，「奇怪的舉動，但也……很棒。」

傑克轉向雜草，我望向馬修，他聳聳肩。我不太確定，但我想傑克剛才大大讚美了我一番。

我繼續拔草，我想我跟傑克的友誼就是這麼奇怪，他也很難捉摸，有點像風，你永遠不知道會往哪個方向吹。

「不過，我還是不懂妳為什麼會相信海爾說的話。」傑克突然又提起這件事。

我咕噥了一聲。

「不，妳聽我說，」傑克說，「我們先假設他說的是真話，

他真的要抓這個叫馬丁・史東的罪犯，但是那些愚蠢的紙條是怎麼回事？那些謎語啊？」

刺刺的蕁麻劃過我小腿前側，我感到一陣刺痛，便將它踩在腳下。

「是有人留在那裡的，」我說，「昨天晚上我拿到了另一個謎語。」

「上面寫了什麼？」馬修說。

我停下來用袖子擦擦額頭，現在跟他們說應該沒有什麼關係。

「這絕對是目前為止最難的一個，」我說，「上面寫：『做的人不想要它，買的人沒有用它，用的人不知道它。』」

「一堆胡扯，」傑克拍掉衣服上的泥土說，「這些到底要幹麼？」

我聳聳肩，說：「也許把它們拼湊在一起就知道了。」

我拉扯一根幾乎長到我腰際高的薊草，試著避開邊緣銳利的葉子。

「用的人不知道它，」馬修大聲唸出，「是什麼呢？空氣？氧氣？」

「但是沒有人會製造氧氣吧，」傑克說，並停頓了一下，「還有買的人呢？真奇怪。」

傑克轉身拔一株高高的蒲公英，但是沒有站好，所以步履蹣跚的退後了幾步、踩到了墓穴上。

「哦，」傑克說，一邊試著平衡身體，「這裡的土好軟。」

「因為棺材都腐爛了，」我說，「土就會稍微下陷。」

傑克不禁抖了一下，然後繼續處理雜草。

「你們知道喬治時代的人會重複使用棺材嗎？」我說，我想起海爾說過的話，「他們會把棺材挖出來、倒出骨頭，再拿去賣。」

馬修露出嫌惡的表情，傑克搖搖頭說：「這樣妳知道我的意思了吧，梅樂蒂？妳真怪。」我繼續拔常春藤，然後停了下來。

「等等，」我說，「那個謎語！我知道答案了！用的人不知道它，」我拍手說，「噢，真是太聰明了！」

馬修跟傑克都笑著看我。

「繼續啊，告訴我們！」馬修說，「答案是什麼？」

我笑著看向等待答案的傑克與馬修，他們都瞪大了眼睛、想知道答案，我感到一陣興奮，接著深呼吸。

「是棺材。」我說。

最後一個謎題

「棺材？」傑克說，「為什麼是棺材？」

「做的人不想要它！」馬修說，「他當然不想要了，因為是棺材啊！」

「買的人沒有用它，因為他顯然是要買給別人用的。」我接著說。

「然後用的人不知道它……因為他已經死了！」傑克笑著說。他低頭看著墓穴，並往旁邊跨了一步。

「很聰明吧？」我說。就跟其他謎語一樣，當你知道答案後，就會覺得很簡單。

「這跟其他線索有關係嗎？」馬修說。

我脫下園藝手套摸摸臉頰。

「再讓我想一下，」我說，「我們有鏡子和船錨，還有手套跟冰。」

「現在還有棺材。」傑克說。

我們都思考了一陣子。

「我不懂。」傑克說。

「我也是。」我說,「這些東西有任何關聯嗎?」

「也許要把這些字重新組合。」馬修說。

「那不是會有很多字嗎?」傑克說,「除非是成語或一句話,但是要怎麼看啊?」

這些字的第一個英文字母,就像優美的蝴蝶在我腦中飛來飛去。

「你們有紙筆嗎?」我說。

「呃,沒有。」傑克說。

我走向一塊乾乾的泥土地,撿起樹枝。

「好,就是這些字。」我說,並在地上盡可能寫出來。

鏡子(Mirror)

船錨(Anchor)

手套(Gloves)

冰(Ice)

棺材(Coffin)

傑克和馬修都看著這些字。

「我看不出來有什麼特別的。」傑克說。

「等一下,」馬修說,「會不會跟它們出現的順序有關啊?」

我低頭,接著就看見了。

「這就對了!」我說,「看!」

我用樹枝圈起每個字的第一個英文字母。

MAGIC（魔術）

「魔術！」傑克說，「原來是這樣，嗯，那這是什麼意思啊？」

「不知道，」我說，「真的不知道。」

我覺得很困惑，這不像罪犯留下來的訊息。我想起海爾把鵝卵石變不見的事，感覺這好像跟海爾比較有關，而不是馬丁・史東。

CHAPTER 35

珠寶大盜現身了！

「我要先走了！」我說。

我轉身跑向主要步道，但是當我跑到那裡時，我停了下來，因為水龍頭那邊站著一個人。

傑克跟馬修也跑到我旁邊，氣喘吁吁。

「怎麼啦，梅樂蒂？」馬修說。

「你們看！」我說，水龍頭前面的那個人正在用灑水壺裝水，「身上帶槍的人就是他！他就是馬丁・史東！」

馬修僵住了。

「我們要不要走另一條路？以免被他看見。」馬修說，以一個不相信海爾的人來說，他看起來非常擔心。

「不用，」我說，「我們觀察他一下。」

馬丁・史東站著不動，微微彎著身體等水注滿。我可以看見他的外套側面被某個東西頂著。

「那把槍！」我悄悄說，「就在那裡！」

我們看著他慢慢關上水龍頭，發出了一陣可怕的吱嘎聲。

「什麼槍啊？我什麼都沒有看到。」傑克說。

「槍套就在他的外套底下，他轉身的時候我們就會看到了。」我說。但是馬丁‧史東脫下外套，他慢慢把手從袖子裡抽了出來。這時，傑克走近幾步仔細查看。

「傑克！」我說，「不要再靠近了！」

馬丁‧史東把外套摺好後，便將它掛在手臂上，彎腰拿起灑水壺。這時候我們都看到了，棕色槍套就掛在他的腰際。我不敢相信他竟然在大庭廣眾之下帶著槍到處走！他轉身往我們的方向走過來。

「等一下，」傑克說，「他是艾迪‧楊啦！他在加油站工作。」

「不是！」我說，「他是馬丁‧史東！」

那個人繼續朝這裡走來。

「而且那不是槍！」傑克說，「那是園藝工具！」

「什麼？」我說。

馬丁‧史東愈走愈近，來到我們身邊時向我們點點頭。

「早安！」他說。

「早安。」我們含糊的說。我轉身，這次當馬丁‧史東走過去時，我終於看清楚「槍套」裡的東西。

傑克說得沒錯，那根本不是槍，而是一把小的園藝剪刀，就像馬修剛剛剪斷常春藤的那把。

「老天，」馬修笑了，「我以為他要開槍了。」

傑克也開始大笑。

我的耳朵開始嗡嗡作響。他們都覺得這很好笑，可是我不想聽見他們的笑聲。我開始跑，墓園彷彿在我身邊開始崩解，

墓碑就像撲克牌一樣整排倒塌。

到處都是謊言；謎語拼出「MAGIC」這個字，簡直一點意義也沒有；馬丁・史東其實是個叫艾迪的人，現在連槍都不是槍了。

海爾也變得很奇怪，假裝不知道自己是誰，這也是他計畫的嗎？

明白這些讓我的肚子就像被揍了一拳，震驚的感覺讓我難以呼吸。馬修說得對，這就是我最害怕的事情，也是我一直在避免的事。

海爾是個騙子。

我竟然完全相信他。

CHAPTER 36

華里塔分部

馬修跟傑克跟了上來,「妳還好嗎,梅樂蒂?」馬修說,「妳在哭耶。」

「有嗎?」我說,然後迅速抹掉臉上的眼淚,就連我自己都沒發現。

我站在小路盡頭望向 1 號房子,「我只是……我只是覺得……我好笨喔。」

傑克和馬修都沉默了一陣子。

「走吧,我們去看看他要怎麼解釋。」傑克說。

「他不會在那裡的,」我說。我在口袋裡摸索,拿出 1 號房子的鑰匙,「想去的話,你們就自己去吧,」我說,「我沒必要去了。」

海爾不可能還待在那裡的,他知道傑克和馬修盯上他了,就算我花了一點時間才弄清楚,但是他可能已經趁我們去墓園的時候逃走了。

傑克拿了鑰匙,跟馬修一起踏上 1 號房子的走道。我穿過馬路,坐在我家院子的矮牆上。

海爾不是祕密間諜，根本沒有監視行動、沒有華里塔分部或失竊的翠鳥項鍊，一切都是謊言。

　　幾分鐘之後，馬修跟傑克走出房子，朝我走過來。

　　「被妳說中了，沒看到他。」傑克說，「但是他也沒有偷東西。」

　　「裡面的東西就跟我們進去前一模一樣。」馬修說。

　　我覺得好累。

　　「你們還好嗎？」是布萊恩，他從小路走了出來，朝我們這裡走來。

　　「還好，爸。」馬修說。

　　「好，好，」布萊恩爽朗的說，「我回來拿喝茶用的牛奶。天哪，你們看起來真狼狽。」

　　「柯賓先生，你有聽過軍情八處嗎？」傑克說。我望向傑克，他要做什麼？

　　「軍情八處？哦，我想那是很久以前的祕密勤務單位，現在已經沒有了。」布萊恩說，「怎麼會問這個呢？」

　　「有人說他在為軍情八處工作，說他的單位是華里分部還是什麼的，是哪一個啊，梅樂蒂？」傑克問我。

　　「華里塔分部。」我哀傷的說。

　　「啊，這倒是有喔。」布萊恩微笑著說。

　　「有嗎？」馬修說，「他們是誰？他們在做什麼？」

　　布萊恩大笑，「那是一個地方，是商店街盡頭的一棟公寓。」他說，「好了，我得去拿牛奶了。」

　　布萊恩往 9 號房子走去，我們三個人互看一陣子。海爾跑

去那裡了嗎？跑到華里塔公寓？

「怎麼樣？」馬修悄悄說，「這很值得去一探究竟吧？」

「那當然！」傑克說，「他怎麼可以隨便欺騙梅樂蒂，拿了她的食物又讓她這麼難過，這可不行！」

這番話讓我感覺舒服了一點，雖然我還是不確定自己想不想見他。

「你說對了，馬修，你剛才說的，」我說，「我很好騙。我怎麼這麼容易相信其他人呢？」

先是爸的謊言，現在又這樣，我好丟臉。

「我覺得妳才是對的，梅樂蒂，妳總是看到別人好的一面，妳這麼善良。」馬修說。

「結果呢，我變成了一個蠢蛋，不公平啊！」我的眼淚滾了下來。

「妳不去的話，我可要去找他談談。」傑克說，「你要來嗎，馬修？」

馬修點點頭，「梅樂蒂，」他說，「妳也一起來嗎？」

傑克跟馬修看起來很認真，他們沒有笑我或讓我覺得自己很蠢，而是很生氣這件事讓我這麼傷心，這種感覺真好。

「好吧。」我說。

「好，」馬修說，「我們去弄清楚究竟是怎麼回事，一次解決。」

「而且，我還要拿回我的衣服！」傑克說。

CHAPTER 37

真相大白

　　我們前往華里塔的路上幾乎都沒有說話，傑克和馬修會時不時的問我好不好，我只是點點頭。

　　我在試著消化這一切，還有海爾跟我說的所有謊話：謎語、馬丁·史東、壞掉的「通訊裝置」、軍情八處、特務海爾·文森。我幾乎要承受不住，這些都是假的嗎？全部都是？

　　華里塔是一棟七層樓高的灰磚建築，它離鎮上的圖書館不遠，所以我其實經過這裡好多次，但是都沒注意過這棟公寓的名字。我們站在玻璃門入口往上看。

　　「該怎麼辦？」馬修說。

　　「對啊，總不能敲每一間的門吧？」傑克說，「這裡應該有超過一百間公寓吧。」

　　「等等，」我說，「你把海爾的東西倒出來時，裡面有一個信封，我以為是寄給軍情八處的，但是那一定是他家的地址。」

　　「太好了，妳記得上面寫了什麼嗎？」馬修說。

　　幸好，我記性很好，而且最近還用謎語做了很多練習。

「記得，上面寫『華里塔 408 號』，」我說，「一定是他家的門牌。」

「好，」傑克說，「我們走吧！」

我們推門進去，電梯壞掉了，我們只好走進另一道門、爬樓梯。雖然外頭很溫暖，但是樓梯間非常冷，空氣裡有咖啡的味道。我們的腳步聲在磚牆之間迴盪，終於來到一扇上面標著「4F」的門。

「408 應該就在這裡。」我說。我推開門，沿著走廊前進，最後停在 408 號，那是一扇棕色的門。我有一種奇怪的感覺，海爾騙了我，我真的想再見到他嗎？

「我不知道該不該進去耶。」我說。我看著馬修跟傑克，心在怦怦跳。面對海爾也許會讓事情更糟，他說不定會嘲笑我：「梅樂蒂‧柏德，真是個蠢蛋！」我想我應該承受不住。

「我們先看看有沒有人在裡面。」傑克說。就在我出聲反對之前，他已經上前並握拳敲門了。

傑克的指節敲在木門上，門吱嘎一聲打開了，根本沒有關好。傑克看看我跟馬修，接著用腳把門推開。我們都往裡面看。

門裡面是一個小小的方形玄關，地毯是灰色的，牆上貼了棕色條紋壁紙。屋子的一側有一張小桌子，上面什麼也沒有，地板上有一些信件。

「哈囉？有人在嗎？」傑克大聲說，接著走進去。

「傑克！」我咬著牙說，「你在幹麼？」

「我要看看有沒有人在家啊，這不就是我們來的目的嗎？」傑克說。

馬修跟了過去，我猶豫一下後也走了進去。我撿起信件，看了看收件人：「H・文森」、「H・文森女士」、「海倫・文森」，似乎都是寄給同一個人。我把信放到桌上。

左邊有一扇關上的門，我們往前進入客廳。

「沒有電視，」傑克看看四周說，「客廳裡怎麼會沒有電視啊？而且這裡……好空喔。」

屋子裡的擺設很少，只有一張深棕色的沙發、一張放了乳白色坐墊的木頭椅和電子壁爐，沒有家飾、照片、畫像或書本。窗台上有一副望遠鏡，馬修走了過去。

馬修轉過來看我們，臉上滿是驚訝的表情。

「快過來看。」他說。

我跟傑克走過去，從窗戶可以看到底下繁忙的商店街，我看著行人的頭頂在商店裡進進出出，有四個人站在公車站等公車。

「視野不錯。」傑克說。

「不，你沒看懂！」馬修說，「看看美髮店跟咖啡店之間的門。」

就在馬路對面，離公車站不遠的兩棟建築之間有扇玻璃門。

「我看到了，」傑克說，「怎麼了嗎？」

「那就是羅德醫生的治療所！」馬修說，「星期一我就是去那裡，還記得海爾怎麼會知道我的事情嗎？我幾點去，又是在幾點跟公車站的女人和小孩說話的？他從這裡就看得見！」

我拿起望遠鏡放在眼前並調整焦距，門旁邊有黃銅色招牌

和門鈴，我可以看見上面的字：

我放下望遠鏡，傑克馬上從我手裡拿了過去。

「對，」傑克說，「從這裡看得最清楚，的確是這樣。」

「但是為什麼呢？」馬修說，他看起來很驚訝，「如果軍情八處是假的，他為什麼要觀察我？」

「我們去看看屋子裡的其他地方吧。」傑克說。我們走回玄關，傑克打開那扇關上的門。

是一間臥房，中間擺著鋪得很整潔的雙人床，上面有素面的淡藍色被子。床的一邊有張白色小桌，上面有桌燈和一杯水。角落有棕色衣櫥，這個房間也空空蕩蕩的。小桌上有些鋁箔裝的小東西，看起來好像是某種藥。這裡沒有照片也沒有書，感覺很詭異，隨便進入別人的房間也不太好。

「走吧，」我說，「我們不該進來的，回家吧。」

但是傑克轉身離開後往廚房走去，我和馬修也跟在後面。裡面有一個四口爐台、一個水槽，還有一張小桌子，桌子旁邊有兩張摺疊椅。廚房檯面上有一個小小的箱型冰箱，正靜靜運

轉著。

「走吧傑克，梅樂蒂說得對，該走了。」馬修說，「這個地方讓我起雞皮疙瘩。」

「但是我們還沒找完啊，」傑克說。玄關那裡還有兩扇門，一扇開著，一扇關著。我看了門打開的那間，是桃色的房間，接著我站在那道關上的門前深呼吸。

「你覺得呢，馬修？」我靜靜的說，「要進去嗎？」

馬修聳聳肩，我深吸一口氣後轉動門把、踏了進去。

這裡跟其他房間完全不一樣。首先，這裡有各種顏色，樸素的牆壁上有海報裝飾，感覺更像一個家。我四處觀看，接著倒抽了一口氣，有個男孩蜷縮在床上。

是海爾，他抱著膝蓋側躺著，看起來好小、好驚恐。

「海爾？是我們，你還好嗎？」我說。我感覺怒氣消退了一點，也不太能理解眼前的景象。馬修跟傑克走進房間，站在我後面。

「他死了嗎？」傑克悄悄說。

「他當然沒死。」馬修悄悄回他。

海爾盯著空中，我見過他這樣的狀態兩次了，一次是在瘟疫屋，那天他似乎完全不知道自己在哪裡，一次是今天早上手錶被砸壞的時候。

「我想他應該是嚇到了，」我說，「大腦超載、暫停運作。」

我環顧這個房間，床的上方有一幅巨大的海報，是一個穿黑西裝的男人，領帶鬆鬆的掛在脖子上，他的手放在胸前看著

我們，旁邊有大大的紅色字體寫著：**龐德歸來**。

　　我走向角落的書桌，桌上的筆筒裝滿了原子筆和鉛筆，牆上有 2005 年的掛曆，還有一堆二十年前的舊漫畫，最上面那本漫畫，封面有亮黃色的字寫著：**趣味謎語大全！**（請見第 7 頁）

　　我翻到第七頁，然後停了下來。

你能解開這些讓人意想不到的謎語嗎？

用每個答案的第一個字母，拼出神奇的字吧！

（答案就在下一期！）

❶
好好使用我，我就是某個人；
把我轉過去，我便誰都不是。

❷
當你需要我，你將我拋開；
當你不需要我，你將我收回。

猜猜看答案是什麼？

墓園裡的謎語都在這裡！海爾一定是從這裡看到的，都是漫畫裡的謎語！我迅速在漫畫堆裡翻找，把它們丟到一旁。

「梅樂蒂，妳還好嗎？」馬修說。我沒有理他。

這堆書裡有三本叫做《十大聞名錄》的雜誌，我看看封面：

全球最著名的十大災難
維多利亞時代最著名的十位人物
最著名的十位竊賊

我拿起最後一本並翻到目錄，一眼就看到了。

翠鳥項鍊竊賊⋯⋯⋯⋯⋯⋯⋯⋯**17 頁**

第十七頁有一張很美的項鍊照片，上面鑲了各種顏色的寶石，有藍色、橘色和綠色。底下寫著：

翠鳥項鍊

我讀了文章的開頭，跟我在網路上看到的資料差不多。

2015 年 1 月，翠鳥項鍊在深夜時分於費茲威廉博物館遭竊，從此消失在世人眼前，罪犯的身分也無人知曉。警方認為這是一起「指定目標偷竊」行動，並且⋯⋯

我望向傑克和馬修。

「他告訴我的事情都在這裡，」我說，「每一件事。」我的胃劇烈翻攪，開始覺得不太舒服。桌上有兩本書，一本是兒童百科全書，封面是愛因斯坦的照片，我拿起另一本。

「看，《給業餘魔術師的簡易手法》。」我大聲唸出，手指滑過封面的字，「作者是……馬丁・史東。」我說。我把書扔到地上，一股憤怒襲來，我看著在床上動也不動的男孩。

「你覺得這樣好玩嗎？」我對他說，「讓我看起來像個白痴？」

馬修朝我跨過來一步，「梅樂蒂，冷靜點。」他輕聲說。

我擠過馬修的身邊，站在離海爾十幾公分遠的距離。他的背上下起伏，但是一句話都沒有說。

「你說的話都是從這裡來的，對吧？」我大聲說，在他的房間裡不斷揮動雙手，「那些謎語、翠鳥項鍊、馬丁・史東，你……全都是你捏造的！」

我轉身看著龐德的海報，他挑著一邊的眉毛看我，臉上有種被逗樂的表情。

「你還假裝是間諜！」我說，眼眶開始充滿淚水，「這對你來說不過就是場遊戲吧？你覺得對我說謊很好玩嗎？把我變笨蛋很好玩嗎？」

海爾以非常緩慢的速度轉過身來、盯著天花板，手裡還握著手錶的碎片。他開口說話了。

「這就是我消磨時間的方式，」他說，「捏造故事。」

傑克一臉困惑，「你說『消磨時間』是什麼意思啊？」他

說，「你聽起來好像在監獄裡一樣。」

海爾猛然轉頭，「這裡不是監獄，」他說，「是我家。」

「你跟誰住在這裡，海爾？」馬修說。

海爾慢慢舉起手臂，蓋住臉龐，「媽媽，」他的聲音含糊不清，「但是她的身體不好，她離開了。」

我跟馬修還有傑克互看了一陣子。

「她怎麼了？」馬修說。

海爾放下手臂，用手指抹抹眼睛。

「有時候媽媽的狀況還好，我們會一起玩遊戲和看書，但有時候她很害怕，她以前會用望遠鏡看看窗外，她說有人在監視我們。有時候她會整晚沒睡、看著外面的街道，她說她要保護我，她說這個世界很危險，我們要待在屋裡。」海爾說，「她說……她說如果我被別人看到，就會有壞人把我帶走。」

馬修往前走了一步，「什麼壞人啊？」他說。

海爾停頓了一下，深吸幾口氣，「罪犯。」海爾說，「她說到處都是罪犯，我們要盡可能待在家裡確保安全。我們都會觀察街道，用望遠鏡，提防壞人，確認沒有人過來。」

馬修點點頭，說：「所以你才會看到我，對吧？看到我去做治療。」

海爾點頭，「在瘟疫屋見到你的時候，我馬上就認出你了，我每個星期一下午 5:00 都會看到你進去一小時。」海爾坐了起來，「我沒有要傷害你的意思，馬修。」他說，「對不起。」

馬修點點頭，他知道從窗戶往外看這個世界是什麼感覺。

「所以，你媽媽身體不好，她認為外面有壞人想抓你？」

傑克說。海爾點頭。

我聽著海爾說的話，感覺憤怒開始消退。這些事聽起來糟透了。

「你必須常常待在家裡？」我說。海爾吞了幾下口水，低頭看著地毯。

「我一直都在家裡。」他說。

我們都沉默了。

接著傑克說：「『一直在家』是什麼意思？」

海爾沒有回答。

「那你的老師呢？朋友？家人？醫生呢？」馬修說，「他們沒有幫你嗎？」

「你不了解，馬修，我沒有老師、沒有朋友、沒有家人，也沒有看過醫生。」海爾抬起頭。

「沒有人知道我的存在。」他說。

CHAPTER 38

不存在的人

我們站在那裡，簡直目瞪口呆。沒有人知道海爾的存在？這怎麼可能？

「我去燒開水。」傑克說。

「什麼？」馬修說。

傑克聳聳肩，說：「這種時候大人不是都這樣做嗎？去燒開水呀？」

「我想喝茶。」海爾說，並露出虛弱的笑容。傑克似乎很開心有事情可做，於是他往廚房走去。我們可以聽見傑克在櫥櫃忙東忙西和裝水的聲音。

「海爾，你媽媽現在在哪裡呢？」我說。他在回答前先深吸了一口氣。

「她生病了，我不是指她的腦袋，雖然那已經夠糟了。這次是她的肚子，她痛得大叫，還愈來愈糟，我想可能是盲腸炎。我要她打電話叫救護車，他們就把她帶走了。」海爾的聲音微微顫抖，然後停頓了一下，「他們來的時候我躲在衣櫥裡，急救人員問她是不是自己一個人住，她就說是，她只是想保護

我，不讓罪犯發現。」

馬修看了我一眼，他的表情好擔心，我嚇了一跳。

「她沒有回來。」海爾繼續說，「我怕警察或急救人員會找到我，那會讓媽媽陷入麻煩，我不知道該怎麼做，所以就帶著包包離開了。我這麼久沒出門，一開始還覺得很害怕。媽媽覺得外面太危險之前，我們還會一起出去散步，我都忘了外面的東西速度有多快，聲音也好大！」海爾露出微笑，但是笑容很快又消失，「我走啊走，發現你們那條路附近有教堂，那裡讓我感覺很舒服、很平靜，沒有人會告訴我要害怕。」

傑克端著馬克杯出現。

「牛奶大概壞掉了，但是我加了一點糖，他們都是這樣弄給受到驚嚇的人喝。」傑克說。我對他微笑。

海爾啜了一口紅茶後繼續說。

「我在教堂的院子繞了一下，然後發現那間瘟疫屋，簡直太完美了，與世隔絕、周圍雜草叢生，我想絕對不會有人發現我，結果被梅樂蒂‧柏德發現了。」

「那你為什麼不跟我說實話呢？」我說，「為什麼要捏造軍情八處和監視馬丁‧史東的故事？」

海爾看著他的膝蓋。

「對不起，梅樂蒂‧柏德，我知道這難以相信，但……但我並不覺得我在說謊。」他說，「這一切都感覺很……真實。」

我回想起第一次見面時，海爾的舉動，他真的就像以間諜身分生活的樣子，而不是當場編了一個故事。

「我想這可能是某種生存機制吧，」馬修說，「讓你有了

使命感？」

海爾點點頭，「解謎語很開心吧，梅樂蒂・柏德？」他看著我，「妳說妳覺得很寂寞，我就想如果找妳加入應該不錯。我很抱歉這些都不是真的。」

我看了馬修和傑克一眼，海爾說我很寂寞似乎讓他們感到有點不好意思。

「沒關係，」我說，並把頭抬高，「我也解開最後一個謎語了！是『棺材』對吧？而且這些東西可以拼成『MAGIC』，也就是『魔術』，真是聰明！」

海爾露出微笑，他看起來很疲憊。

「那我們現在該怎麼辦？」傑克說，「總不能把他留在這裡。」

「海爾，我們得把這些事情告訴別人，」馬修說，「這樣就可以知道你媽媽在哪裡了。」

「不行，我不能讓她失望，我向她保證我會躲起來的，她一定會很生氣！」海爾說。

「可是你媽媽狀況不好啊，」我說，並握住海爾的肩膀，「我不是說盲腸炎，我是指她的腦袋，我想這就是她沒有回家的原因吧，他們可能讓她待在安全的地方試著幫助她。」

海爾咬著下脣，接著抬頭看我，「我可以跟妳待在一起嗎？」他說，「你呢，傑克？或是你，馬修？」他輪流看著我們，「你們是我唯一的朋友。」

我們彼此互看著，大家都知道這不太可能。

「再看看吧，好嗎？」我說，「先到我家跟我媽說，再繼

續打算。」

海爾呼出了一口氣。

「謝謝妳，梅樂蒂‧柏德。」他說。

他聽起來鬆了一口氣，彷彿一切都不會有事。可惜，我無法這麼肯定。

CHAPTER 39

跟媽坦白

　　我們回到栗樹巷時，墓園大清掃活動正好結束，媽、蘇和席拉朝我們走過來。

　　「你們跑去哪裡了？」蘇說，「布萊恩說你們去鎮上。」

　　「怎麼啦，梅樂蒂？」媽說，她看看海爾，又看看我們。

　　我突然很想鑽進她的懷裡，海爾媽媽的事情真令人難過。

　　「梅樂蒂？」媽說，她看起來很擔憂。

　　「媽，他是海爾，我真的很需要跟妳談談。」我說。媽看見我的表情後，便立刻伸出雙手。我走過去把臉靠在她的胸前，她抱住我、摸摸我的頭髮。我緊咬嘴脣，看見海爾正在看我們。我好幸運，媽就在我身邊。

　　「進屋裡去吧，我來燒開水好嗎？」媽說。我對傑克微笑，他挑起眉毛，擺出一副「就跟妳說吧」的表情。

　　「蘇？席拉？要不要來喝杯茶？」媽說，「我想這三個孩子應該有事情要跟我們說。你也一起來吧，海爾？」

　　海爾微笑點點頭，大家都往我家走去。

　　一陣隆隆聲響起，泰迪坐在推車上，查爾斯先生推著他從

小路走出來。泰迪抓著推車邊緣，笑得好開心。凱西跟著他們，拖著裝滿園藝工具的綠色帆布袋，滿臉通紅而且看起來非常不高興。這時，有台閃亮的黑色轎車開進了巷子。

「是媽咪！」泰迪呼喊。那台車停在 11 號外面時，他不斷瘋狂揮手，看來梅莉莎要來接小孩了。

馬修停下腳步。

「我馬上回來。」他對我說。

「凱西！我來幫妳吧！」馬修說，並接過沉重的袋子掛在肩上。馬修抬頭看我，對我使了個眼色，我的胃一陣翻攪，爸的那封信！馬修還在想辦法幫我拿。

✚ ✚ ✚

我們到家後，我跟媽、蘇和席拉說我在瘟疫屋發現海爾的事情，我看見媽的嘴脣緊閉，我想她一定很驚訝我竟然沒有告訴她。

我告訴她們關於海爾說他在為軍情八處工作、調查項鍊竊案並監視罪犯，還說了為了不讓海爾被發現，所以我們帶他到 1 號屋子，後來才發現這些都是假的，海爾沒有地方可去。

我離開客廳，她們繼續在客廳小聲交談，我聽見「警察」和「社工人員」這幾個字。

海爾在廚房，坐在法蘭基的小床旁邊輕輕撫摸牠的背。除了跟媽確認他家的住址以及海爾媽媽叫海倫・文森之外，他沒有多說什麼。我繼續煮開水泡茶。

「你覺得他接下來會怎麼樣？」我悄悄對傑克說，「馬修

的媽媽提到要報警。」幸好有燒開水的聲音，海爾聽不見我們說話的內容。

「我想他們應該會找社工處理吧，」傑克說，「他們知道該怎麼做。」我把馬克杯放到流理台上，這時候媽走了進來。

「妳怎麼沒有告訴我呢，梅樂蒂？」她說，「我可以幫妳的，還有海爾。」

我們都望向海爾，但是比起知道我們說話的內容，他似乎對法蘭基柔滑的耳朵更感興趣。

「對不起，媽。」我說。她緊緊捏著我的手臂，但是我看得出來她很受傷。

「真不敢相信，竟然沒有人知道他的存在，」傑克說，「太誇張了吧！那他出生的時候呢？」他轉身，「海爾，你知道你的生日是什麼時候嗎？」

「九月十二號，」海爾說，沒有抬頭，「我是十五年前在那間公寓裡出生的，媽媽說那時候她自己一個人。」

「一定有其他人知道他出生吧，」我說，「不然怎麼打預防針呢？他生病的時候怎麼辦？」

傑克聳聳肩，說：「他媽媽可能很堅決吧，對這一切。」

媽把滾水倒在茶包上，我從冰箱拿出牛奶。

「梅樂蒂‧柏德的媽媽，」海爾說，「我會跟妳們或傑克或馬修待在一起嗎？」他好像突然小了 10 歲。

「我們再看看要怎麼安排好嗎？」媽爽朗的說，「我們得先打幾通電話，你想吃點什麼嗎？要喝湯嗎？布朗尼？」

墓園大清掃後，塑膠盒裡只剩下一塊布朗尼。

「布朗尼是什麼？」海爾說，一副困惑的樣子。

「你沒有吃過嗎？」傑克說。他笑著抓起盒子，啵的一聲打開蓋子，「你一定會喜歡，超好吃的！而且不含堅果。」

海爾笑著拿起布朗尼，咬一口後笑得更開心了。媽用托盤端著茶走去客廳，我也跟了過去。

「警察局派人來了，」席拉說，「社工單位也會派人過來。」

「梅樂蒂，親愛的，」媽說，「妳知道海爾不能待在這裡吧？」

我感覺喉嚨被一團東西堵著。

「我知道，」我說，「只是……我是他唯一的朋友，不知道他會怎麼樣？」

警察和社工抵達時，媽說傑克得回家，我也該回房間等待。我坐在床上試著聽樓下發生了什麼事，但是只聽見一些模糊的聲音。

媽在 6:00 時上樓，說海爾要離開了，我可以下去跟他道別。她說，在弄清楚海爾媽媽的下落之前，他會先到臨時的寄養家庭。

「萬一她的狀況很糟呢？萬一他們找不到她呢？」我說。

「我不知道，親愛的。」媽說，「我想海爾應該就會待在寄養家庭吧。」

「如果我們不搬家的話，就可以照顧他了！」我說，「我們有空房間，他可以跟我上同一間學校，他人這麼好，媽，妳會喜歡他的！」

媽嘆了口氣，說：「我一定會的，梅樂蒂，但是按照規定我們不能這麼做，我們是陌生人，不是他的家人。」她伸出手握住我的肩膀，「走吧，下樓跟他說再見。」

　　我感覺眼淚正在眼眶裡累積，我真的不想在海爾面前哭，我希望他可以安心離開，知道自己不會有事。

　　海爾站在門前，包包背在肩上。

　　「看來我終究不能待在這裡，梅樂蒂‧柏德。」海爾說，他垮著一張臉，眉頭也皺了起來，「他們……他們要帶我到別人家，好像是一對很好的夫妻。」

　　我看得出來他很緊張。

　　「我很抱歉，海爾，」我說，「你不能待在這裡我很抱歉，這是規定。」

　　海爾垂下眼睛，一滴眼淚從眼眶掉了下來。

　　「對不起我騙了妳，」他說，「我想我根本不知道自己在做這樣的事。」

　　我露出微笑。

　　「海爾，有天你一定會成為很棒的作家！」我說。我的喉嚨哽住了，忍不住嗚咽了一聲。

　　我快要哭了。

　　「真的很高興認識你，海爾。」我說。

　　海爾抬起頭來看我，帶著眼淚露出微笑。

　　「有妳陪伴的每一刻我都很開心，梅樂蒂‧柏德。」海爾說，接著轉身走了出去。

CHAPTER 40

他依然是我爸

海爾離開的隔天早上,門鈴響了。

「妳可以幫忙開門嗎,梅樂蒂?」媽從後院大喊。她剛從儲藏室拿出除草機,正要開始除草。

我打開門,是馬修,而且手裡有一個白色信封。

「你拿到了!」我說。我用顫抖的手接過它。

「還滿容易的,」馬修說,「梅莉莎出現之後查爾斯先生的注意力都在她身上,泰迪也只想要媽媽。星期六早上,我在墓園跟凱西說如果她可以幫我拿的話,下次她來的時候我就會送她一個禮物,想要什麼都行。昨天晚上回家之後,凱西就從後院的圍籬遞給我了,我不想在那時候送過來,因為海爾的事情。」

「謝謝你!」我說,我把信緊緊貼在胸口,「那她想要什麼?」我想到就怕。

「這就是重點,」馬修說,「她什麼都不想要,她說她不要禮物,但是想到我家吃晚餐,跟我一起玩拼圖。」

「真的嗎?」我說,「就這樣?」

馬修點點頭。

「她還有另一個要求，就是要自己一個人來，不跟泰迪一起。妳知道嗎，我想凱西只是想要有人關注她。」

我看著手裡的信，馬修也看著它。

「謝謝你，馬修，」我說，「有你幫我對我來說意義重大。」

馬修點點頭。

「祝妳好運啦，梅樂蒂，我希望裡面的內容都是妳所希望的。」馬修說。

我關上門後走進客廳，媽坐在扶手椅上看書。

「是誰啊，梅樂蒂？」媽說。

「馬修。」我說，我把信遞給她。

媽看了上面的字跡後臉色一沉。

「噢，我的老天哪。」她說。

「我們一起看吧。」我說。

我們從頭開始看，也就是爸跟查爾斯先生說他搞砸一切的那部分，接著來到我沒看完的那部分。

　　我想請您幫個忙，能不能多幫我關照克勞蒂亞和梅樂蒂呢？如果您可以偶爾過去看看的話，我會很感激的。

　　我寄過幾封信，但是她們可能都沒有打開來看，我可以理解。我也打過電話，但是克勞蒂亞換

了手機號碼，我擔心直接去找她會造成更多困擾。

　　請不用告訴她們我的請求，她們完全不想跟我聯絡，我尊重這個決定，也會學著接受。

　　信裡還說，爸覺得同意跟我們完全斷絕聯繫是個錯誤的決定，但是他當時認為，從我們的生活中消失，對我們來說比較好。一開始的時候還好，但其實他很想念我，也搞砸了當我爸爸的機會。他知道自己永遠不會被原諒，但他希望如果我們有任何需要時，查爾斯先生能告訴他。他在最後署名「失敗的父親」。

　　讀到最後我們都哭了，媽給了我大大的擁抱，「這是真的，梅樂蒂，」媽說，「有一陣子他確實寄了信過來，但我連看都沒看就把信撕掉了，後來就再也沒收到了。」

　　「沒關係，媽，」我說，「我了解。」

　　我們看著信紙上方的電話號碼。

　　「妳希望我怎做呢？」媽說，「我該打給他嗎？」

　　我想起有幾次，我真的好痛恨爸，但是想跟他說話的次數也一樣多。也許爸對我們真的很壞，但我還是會想念他。

　　「媽，我想妳應該打給他。」我說，「他不是梅克小隊的一員，也永遠不會是，但他依然是我爸。」

　　媽點點頭，站起來拿出口袋裡的手機、走到後院。

他依然是我爸

CHAPTER 41

超級間諜梅樂蒂

　　海爾離開之後，離暑假還有幾個月的時間，日子一天一天過得好慢，但是突然間，再過六週就要放暑假了。

　　放假的第一個星期六，我在有機咖啡店幫媽和艾瑞卡，我在廚房幫忙洗菜和切菜，我好喜歡做這些事，希望可以賺到足夠的錢買相機。我想要在墓地裡拍很多黑白照片，拼貼在房間的牆上。

　　輪班結束後，我花了一段時間洗了個熱水澡，我站了一整天所以很累，但是也沉浸在第一次領薪水的感覺之中。我擦乾身體、穿上黑色牛仔褲和灰色上衣。

　　媽朝樓上的浴室大喊。

　　「梅樂蒂！馬修和傑克來嘍！」

　　我用髮帶將頭髮往後綁好並走下樓。

　　傑克跟馬修站在門階上，威爾森坐在傑克的腳邊。我隱約看見馬修身後有一個大大的「已售出」立牌，就聳立在馬路對面。

　　「賣掉了？」我說。

「是啊，」傑克說，「上星期漢娜傳訊息給我媽，詹金斯先生似乎答應去尋求專業協助，處理自己的易怒問題，他們要到另一個小鎮開始新生活，希望是離這裡很遠的地方。」

學校停車場的那次爭吵之後，我們就再也沒見過詹金斯先生了。墓園大清掃之後漢娜搬回她爸媽家，走之前問蘇能不能幫忙照顧威爾森，因為她實在沒有多餘的精力了。威爾森的品種不容易引發過敏，傑克不會有反應，所以蘇就答應了。

「那威爾森呢？」我說，「牠會回詹金斯家嗎？」

傑克笑著搖搖頭，說：「不會，我可以留下這坨討人厭的毛茸茸假髮。」我想傑克一定把威爾森照顧得很好，牠現在很乖，我再也沒有見過牠在窗台上亂吠。傑克說，因為他有給威爾森足夠的關注。

媽從廚房走過來。

「這是今天收到的，梅樂蒂。」她拿著一封棕色的信說，「我想妳應該會想跟朋友一起看。」

我低頭看著信封上的文字，除了生日卡片之外，我幾乎不會收到任何信。上面寫著：

栗樹巷3號
超級間諜梅樂蒂・柏德與
臘腸狗法蘭基 收

「噢！」我說，並吞了吞口水。我知道這是誰寄的了。

「散步愉快嘍，你們三個。」媽說。

「我們會的。」馬修笑著說。

我把信放進口袋，接著幫法蘭基套上牽繩。我們一起走了出去。

我們現在每週都會到墓園散步，我會帶著法蘭基，傑克帶威爾森，馬修也會一起來。

「是他寄的嗎？」馬修說。我們穿過小路，進入一點又一點灑落的陽光底下。

「一定是，筆跡跟那些謎語一樣，而且，還有誰會叫我『超級間諜』啊？」我笑著，但心裡其實很緊張。自從跟海爾分別之後，他的生活變成了什麼樣子呢？他開心嗎？他找到媽媽了嗎？他被帶走之後已經過了好久，這段時間可能發生了很多事情。

「我待會再打開。」我靜靜的說。馬修點點頭，開始說他要跟爸媽去西北部的湖區度假，因為強迫症的關係，這會是他好幾年來第一次去度假。

「你真幸運，」傑克說，「我們大概又要去住溫蒂阿姨的露營拖車了，好無聊喔，除了跟一堆老人玩賓果，根本沒事情可做。」

我跟馬修都笑了。

「妳呢，梅樂蒂？今年夏天妳會出遠門嗎？」馬修說。

我搖搖頭，「不會，」我們負擔不起，「但我爸可能會來看我。」

「哇，他有繼續跟妳們聯絡嗎？」馬修說。

「有，媽現在每隔幾週就會跟他通電話，他一直說想來看我，我想我準備好了。」我說，「他也有資助我們。」

我家前面的出售看板被拿掉了，媽同意爸資助我們六個月的費用，她說之後再「評估狀況」。她把爸的信還給查爾斯先生時跟他聊了很久，查爾斯先生以前在金融界工作，他說如果媽需要，他很樂意提供建議。媽說，她應該會找一天去請教查爾斯先生。

我們走到被長凳環繞的大樹前面。

「好，我要讀信了。」我說，「我想先自己看一遍。」

我走過去坐在樹下，法蘭基趴在我的腳邊，馬修和傑克沒有跟過來。我拿出口袋裡的信封，慢慢打開。裡面有一張摺好的信紙和一張照片，我先把照片放到旁邊。

親愛的梅樂蒂：

很抱歉過了這麼久才寫信給妳，但是跟妳道別後我的生活就忙碌了起來。

離開妳家後，我被安置到某個寄養家庭，他們照顧了我幾週。他們人很好，但我還是覺得寂寞。

珍娜是我的社工，她跟我保持聯絡，幾天之後她說找到我媽媽了，她住在一間特別的醫院裡，醫生都在想辦法治療她的腦袋，雖然花了很長的時間。她其

實有提過我，但是因為沒有我的出生紀錄，所以沒有人相信她，他們以為我只是她腦中的幻想。

我跟珍娜一起去醫院看她，護士也在，還有人在做紀錄，我並不喜歡那樣。媽媽一直哭，所以我覺得出現在那裡好像對她沒有幫助。

好消息是，原來我有家人呢！而且是個大家庭。媽媽有一個哥哥叫做傑夫，他太太叫克萊兒，珍娜跟他們取得了聯繫。當他們知道我的存在之後就說要照顧我，過了一段好長好長的時間之後，他們的申請終於通過了，所以我在三個星期前搬出寄養家庭，並且跟他們住在一起。

傑夫跟克萊兒都對我很好，我表演我會的每一個魔術給他們看，傑夫又多教了我幾個。他們有個兒子叫奧比，他是個大學生，但是休學了一年，目前正在歐洲旅遊，所以我只看過他的照片。我想他就是我的表哥了！

九月我就要上學了，我真的非常非常害怕，但我想這應該是正常的吧，如果妳有什麼建議我會很感激的。

傑夫和克萊兒依舊跟照顧媽媽的醫院保持聯絡，醫生說她進步許多，不過還需要一段時間。也許有天她會出院，到時候我應該可以跟珍娜一起去看她，克

萊兒叫我先不用擔心這件事。

　　幫我跟馬修說，我也去看了心理治療師，有點像他去看的治療師喔！他叫做馬克醫生，幫助我了解我的感受，也會幫我解釋這些感受的意義。我告訴他關於軍情八處的事情，他說這是大腦在面對高度壓力時所做出的反應，就像一種生存機制。馬克醫生說我創造了一個能讓自己安心的世界，但是這只是我腦袋裡的世界，我的手錶就是我跟媽媽的連結，它被砸碎的時候就像破除了魔咒，所以讓我困惑了好一陣子。總之，我希望妳能原諒我，我不是真心要騙妳的。

　　希望馬修跟傑克都過得很好，也幫我跟法蘭基問好。我有附上住址，妳想要的話可以回信喔！妳是我真正的朋友，梅樂蒂·柏德。

海爾

　　我拿起照片，照片裡有三個人站在礫灘上。海爾站中間，他穿著一件又大又厚的深藍色套頭毛衣，臉上掛著大大的笑容，臉頰被海風吹得紅紅的。站在他旁邊的是兩個大人，我想應該就是克萊兒和傑夫，也就是他的舅媽和舅舅，他們也面帶笑容。在他們身後，有海浪打在礫灘上的白色泡沫。

　　當我抬起頭時，馬修和傑克已經走過來坐在我的兩旁了，我把信摺好跟照片一起放回信封裡。法蘭基坐在我腳邊，溫暖

的身體貼著我的腳踝，我彎腰輕輕撫摸牠柔軟的頭。

「怎麼樣？」傑克說，「他寫了什麼？」

我深吸了一口氣，一邊看著這個美麗的墓園。不用搬離我所愛的地方讓我非常感激，我也很感激有兩個朋友坐在身邊，還有另一位寫信就能聯絡的朋友海爾。

「說啦，梅樂蒂。」馬修說，「他好嗎？」

我看著他們並露出微笑。

「他過得很好。」我說。

（完結）

墓園女孩

THE
GRAVEYARD RIDDLE

作　者：麗莎・湯普森（Lisa Thompson）
繪　者：麥可・羅利（Mike Lowery）
譯　者：陳柔含

小樹文化股份有限公司
總 編 輯：張瑩瑩｜責任編輯：謝怡文｜校　對：林昌榮
封面設計：周家瑤｜內文排版：洪素貞

讀書共和國出版集團
社　　長：郭重興｜發行人：曾大福｜業務平臺總經理：李雪麗
業務平臺副總經理：李復民｜實體通路協理：林詩富｜網路暨海外通路協理：張鑫峰
特販通路協理：陳綺瑩｜印務經理：黃禮賢｜印務主任：李孟儒
發　　行：遠足文化事業股份有限公司
　　　　　地址：231 新北市新店區民權路 108-2 號 9 樓
　　　　　電話：(02) 2218-1417 傳真：(02) 8667-1065
　　　　　客服專線：0800-221029
　　　　　電子信箱：service@bookrep.com.tw
　　　　　郵撥帳號：19504465 遠足文化事業股份有限公司
　　　　　團體訂購另有優惠，請洽業務部：(02) 2218-1417 分機 1124、1135

法律顧問：華洋法律事務所 蘇文生律師
出版日期：2021 年 6 月 30 日初版
　　　　　2023 年 2 月 8 日初版 6 刷

ISBN 978-957-0487-59-6 (平裝)
ISBN 978-957-0487-58-9 (EPUB)
ISBN 978-957-0487-60-2 (PDF)

國家圖書館出版品預行編目資料

墓園女孩 / 麗莎・湯普森 (Lisa Thompson) 著；麥克・
羅利 (Mike Lowery) 繪；陳柔含譯 -- 初版 -- 新北市：
小樹文化股份有限公司出版；遠足文化事業股份有限
公司發行，2021.06
面；公分
譯自：The Graveyard Riddle

ISBN 978-957-0487-59-6 (平裝)

873.596　　　　　　　　　　　　　　110009106

小樹文化　小樹文化
官網　　　讀者回函

THE
GRAVEYARD RIDDLE

THE
GRAVEYARD RIDDLE